〔梁〕鍾嶸　〔明〕楊慎　著

詩品　詞品

廣陵書社
中國·揚州

圖書在版編目（CIP）數據

詩品 / (梁) 鍾嶸著. 詞品 / (明) 楊慎著. -- 揚州 : 廣陵書社, 2018.1（2021.3重印）
（經典國學讀本）
ISBN 978-7-5554-0950-2

Ⅰ. ①詩… ②詞… Ⅱ. ①鍾… ②楊… Ⅲ. ①古典詩歌－詩歌評論－中國②詞(文學)－詩歌評論－中國－古代 Ⅳ. ①I207.2

中國版本圖書館 CIP 數據核字(2017)第 326679 號

書　　名　詩品　詞品
著　　者　〔梁〕鍾嶸　〔明〕楊慎
責任編輯　方慧君
出 版 人　曾學文
裝幀設計　鴻儒文軒・書心瞬意

出版發行　廣陵書社
揚州市維揚路 349 號　　郵編：225009
http://www.yzglpub.com　　E－mail:yzglss@163.com
印　　刷　三河市華東印刷有限公司

開　　本　880mm×1230mm　　1/32
字　　數　80 千字
印　　張　8.5
版　　次　2018 年 3 月第 1 版
印　　次　2021 年 3 月第 2 次印刷
書　　號　ISBN 978-7-5554-0950-2
定　　價　45.00 元

編輯説明

自上世紀九十年代始，我社陸續編輯出版一套綫裝本中華傳統文化普及讀物，名爲《文華叢書》。編者孜孜矻矻，兀兀窮年，歷經二十載，聚爲上百種，集腋成裘，蔚爲可觀。叢書以内容經典、形式古雅、編校精審，深受讀者歡迎，不少品種已不斷重印，常銷常新。

國學經典，百讀不厭，其中藴含的生活情趣、生命哲理、人生智慧，以及家國情懷、歷史經驗、宇宙真諦，令人回味無窮，啓迪至深。爲了方便讀者閲讀國學原典，更廣泛地普及傳統文化，特于《文華叢書》基礎上，重加編輯，推出《經典國學讀本》叢書。

本叢書甄選國學之基本典籍，萃精華于一編。以内容言，所選均爲家喻户曉的經典名著，涵蓋經史子集，包羅詩詞文賦、小品蒙書，琳琅滿目；以篇幅言，每種規模不大，或數種彙于一書，便于誦讀；以形式言，採用傳統版式，字大文簡，讀來令人賞心悦目；以編輯言，力求精擇良善版本，細加校勘，注重精讀原文，偶作簡明小注，或酌配古典版畫，體現編輯的匠心。

當下國學典籍的出版方興未艾，品質參差不齊。希望這套我社經年打造的品牌叢書，能爲讀者朋友閲讀經典提供真正的精善讀本。

廣陵書社編輯部

二〇一七年十二月

出版説明

《詩品》三卷，鍾嶸著。鍾嶸，字仲偉，生卒年不詳，在齊梁時代任參軍、記室等官職。《詩品》約寫于梁武帝天監十二年（五一三）以後，是我國歷史上第一部詩論專著，所論主要是五言詩。序言論述了詩的發生、體裁流變以及詩的本質，對詩歌創作的時俗流弊予以批評。三卷評語共品題了兩漢至梁代的詩人一百餘人，分上中下三品，在諸人評語中敘其詩風淵源、承繼關係，論其作品優劣得失。鍾嶸善于概括詩人獨特的藝術風格，强調賦和比興的相濟爲用，反對苛刻的聲律，在當時及後世都具有相當的藝術性和影響力。但是由于作者所處時代風氣和思想的限制，其品評在今天看來有一定的局限性，如僅將陶淵明列爲中品。

《詞品》六卷，楊慎著。楊慎，字用修，號升菴。明正德六年殿試第一，官至翰林學士，嘉靖三年因争大禮遣戍雲南永昌衛，此書即寫于該時。書中盡可能搜羅考證歷代詞人詞作本事以及前人品評之語。卷一多記六朝樂府曲詞；卷二以記述唐五代詞人詞作和閨閣、方外之作及故實爲主，并解釋考證詞體中的生僻字詞；卷三至卷六記述兩宋、元、明詞人詞作及故實。《詞品》共評論唐五代、宋、元詞人八十餘人，涉及到詞體的特性、風格、用韻、創作等諸多方面，在詞學史上有較高的文獻價值與理論價值。

我社現將二書合集刊行，排印出版，希望鍾愛古典文學和傳統文化的讀者能够喜歡。

廣陵書社編輯部

二〇一七年十二月

目録

詩品

詞品

卷一

〔梁〕鍾嶸 著

詩品

廣陵書社
中國・揚州

序

氣之動物，物之感人，故搖蕩性情，形諸舞詠。照燭三才，暉麗萬有，靈祇待之以致饗，幽微藉之以昭告。動天地，感鬼神，莫近於詩。

昔《南風》之詞，《卿雲》之頌，厥義夐矣。夏歌曰：『鬱陶乎予心。』楚謠曰：『名余曰正則。』雖詩體未全，然是五言之濫觴也。逮漢李陵，始著五言之目矣。古詩眇邈，人世難詳，推其文體，固是炎漢之製，非衰周之倡也。自王、揚、枚、馬之徒，詞賦競爽，而吟咏靡聞。從李都尉迄班婕妤，將百年間，有婦人焉，一人而已。詩人之風，頓已缺喪。東京二百載中，惟有班固《詠史》，質木無文。降及建安，曹公父子篤好斯文，平原兄弟鬱爲文棟，劉楨、王粲爲其羽翼。次有攀龍託鳳，自致於屬車者，蓋將百計。彬彬之盛，大備於時矣。爾後陵遲衰微，迄於有晋。太康中，三張、二陸、兩潘、一左，勃爾復興，踵武前王，風流未沫，亦文章之中興也。永嘉時，貴黄、老，稍尚虚談。於時篇什，理過其辭，淡乎寡味。爰及江表，微波尚傳，孫綽、許詢、桓、庾諸公詩，皆平典似《道德論》，建安風力盡矣。先是郭景純用儁上之才，變創其體。劉越石仗清剛之氣，贊成厥美。然彼衆我寡，未能動俗。逮義熙中，謝益壽斐然繼作。元嘉中，有謝靈運，才高詞盛，富艷難蹤，固已含跨劉、郭，凌轢潘、左。故知陳思爲建安之傑，公幹、仲宣爲輔。陸機爲太康之英，安仁、景陽爲輔。謝客爲元嘉之雄，顔延年爲輔。斯皆五言之冠冕，文詞之命世也。

夫四言，文約意廣，取效《風》、《騷》，便可多得。每苦文繁而

意少，故世罕習焉。五言居文詞之要，是衆作之有滋味者也，故云會於流俗。豈不以指事造形，窮情寫物，最爲詳切者邪？故詩有三義焉：一曰興，二曰比，三曰賦。文已盡而意有餘，興也；因物喻志，比也；直書其事，寓言寫物，賦也。宏斯三義，酌而用之，幹之以風力，潤之以丹彩，使味之者無極，聞之者動心，是詩之至也。若專用比興，患在意深，意深則詞躓。若但用賦體，患在意浮，意浮則文散，嬉成流移，文無止泊，有蕪漫之累矣。

若乃春風春鳥，秋月秋蟬，夏雲暑雨，冬月祁寒，斯四候之感諸詩者也。嘉會寄詩以親，離羣託詩以怨。至於楚臣去境，漢妾辭宮；或骨横朔野，或魂逐飛蓬；或負戈外戍，殺氣雄邊；塞客衣單，孀閨泪盡；或士有解佩出朝，一去忘反；女有揚蛾入寵，再盼傾國。凡斯種種，感蕩心靈，非陳詩何以展其義，非長歌何

以騁其情？故曰：『《詩》可以羣，可以怨。』使窮賤易安，幽居靡悶，莫尚於詩矣。故詞人作者，罔不愛好。今之士俗，斯風熾矣。纔能勝衣，甫就小學，必甘心而馳騖焉。於是庸音雜體，人各爲容。至使膏腴子弟，恥文不逮，終朝點綴，分夜呻吟。獨觀謂爲警策，衆睹終淪平鈍。次有輕薄之徒，笑曹、劉爲古拙，謂鮑照羲皇上人，謝朓今古獨步。而師鮑照終不及『日中市朝滿』，學謝朓劣得『黄鳥度青枝』。徒自棄於高明，無涉於文流矣。

觀王公縉紳之士，每博論之餘，何嘗不以詩爲口實。隨其嗜欲，商榷不同，淄、澠並泛，朱紫相奪，喧議競起，準的無依。近彭城劉士章，俊賞之士，疾其淆亂，欲爲當世詩品，口陳標榜。其文未遂，感而作焉。昔九品論人，《七畧》裁士，校以賓實，誠多未值。至若詩之爲技，較爾可知。以類推之，殆均博弈。方今皇帝，

資生知之上才，體沉鬱之幽思，文麗日月，賞究天人，昔在貴游，已爲稱首。況八紘既奄，風靡雲蒸，抱玉者聯肩，握珠者踵武。以瞰漢、魏而不顧，吞晉、宋於胸中。諒非農歌轅議，敢致流別。嶸之今録，庶周旋於閭里，均之於談笑耳。

一品之中，畧以世代爲先後，不以優劣爲詮次。又其人既往，其文克定。今所寓言，不録存者。夫屬詞比事，乃爲通談。若乃經國文符，應資博古，撰德駁奏，宜窮往烈。至乎吟詠情性，亦何貴於用事？『思君如流水』，既是即目。『高臺多悲風』，亦惟所見。『清晨登隴首』，羌無故實。『明月照積雪』，詎出經史。觀古今勝語，多非補假，皆由直尋。顔延、謝莊，尤爲繁密，於時化之。故大明、泰始中，文章殆同書抄。近任昉、王元長等，詞不貴奇，競須新事，爾來作者，寖以成俗。遂乃句無虚語，語無虚字，拘攣補

衲，蠹文已甚。但自然英旨，罕值其人。詞既失高，則宜加事義。雖謝天才，且表學問，亦一理乎。陸機《文賦》，通而無貶；李充《翰林》，疏而不切；王微《鴻寶》，密而無裁；顔延論文，精而難曉；摯虞《文志》，詳而博贍，頗曰知言：觀斯數家，皆就談文體，而不顯優劣。至於謝客集詩，逢詩輒取；張隲《文士》，逢文即書：諸英志録，並義在文，曾無品第。嶸今所録，止乎五言。雖然，網羅今古，詞文殆集。輕欲辨彰清濁，掎摭病利，凡百二十人。預此宗流者，便稱才子。至斯三品升降，差非定制，方申變裁，請寄知者爾。

昔曹、劉殆文章之聖，陸、謝爲體貳之才，鋭精研思，千百年中，而不聞宫商之辨，四聲之論。或謂前達偶然不見，豈其然乎？嘗試言之，古曰詩頌，皆被之金竹，故非調五音，無以諧會。

若『置酒高堂上』、『明月照高樓』，爲韻之首。故三祖之詞，文或不工，而韻入歌唱。此重音韻之義也，與世之言宫商異矣。今既不被管弦，亦何取於聲律邪？齊有王元長者，嘗謂余云：『宫商與二儀俱生，自古詞人不知之。惟顔憲子乃云「律吕音調」，而其實大謬。唯見范曄、謝莊頗識之耳。嘗欲進《知音論》，未就。』王元長創其首，謝朓、沈約揚其波。三賢或貴公子孫，幼有文辯，於是士流景慕，務爲精密，襞積細微，專相陵架。故使文多拘忌，傷其真美。余謂文製本須諷讀，不可蹇礙，但令清濁通流，口吻調利，斯爲足矣。至平上去入，則余病未能，蜂腰、鶴膝，閭里已具。陳思贈弟，仲宣《七哀》，公幹思友，阮籍《詠懷》，子卿『雙鳧』，叔夜『雙鸞』，茂先寒夕，平叔衣單，安仁倦暑，景陽苦雨，靈運《鄴中》，士衡《擬古》，越石感亂，景純詠仙，王微風月，謝客山泉，叔源離宴，鮑照戍邊，太沖《詠史》，顏延入洛，陶公詠貧之製，惠連《擣衣》之作，斯皆五言之警策者也。所以謂篇章之珠澤，文采之鄧林。

卷上

古詩

其體源出於《國風》。陸機所擬十四首，文温以麗，意悲而遠，驚心動魄，可謂幾乎一字千金。其外『去者日以疏』四十五首，雖多哀怨，頗爲總雜，舊疑是建安中曹、王所製。『客從遠方來』、『橘柚垂華實』，亦爲驚絶矣。人代冥滅，而清音獨遠，悲夫！

漢都尉李陵

其源出於《楚辭》，文多悽愴，怨者之流。陵，名家子，有殊才，生命不諧，聲頽身喪。使陵不遭辛苦，其文亦何能至此！

漢婕妤班姬

其源出於李陵。《團扇》短章，詞旨清捷，怨深文綺，得匹婦之致。侏儒一節，可以知其工矣。

魏陳思王植

其源出於《國風》。骨氣奇高，詞彩華茂，情兼雅怨，體被文質，粲溢今古，卓爾不羣。嗟乎！陳思之於文章也，譬人倫之有周、孔，鱗羽之有龍鳳，音樂之有琴笙，女工之有黼黻。俾爾懷鉛吮墨者，抱篇章而景慕，映餘暉以自燭。故孔氏之門如用詩，則公幹升堂，思王入室，景陽、潘、陸，自可坐於廊廡之間矣。

魏文學劉楨

其源出於《古詩》。仗氣愛奇，動多振絕。真骨凌霜，高風跨俗。但氣過其文，雕潤恨少。然自陳思已下，楨稱獨步。

魏侍中王粲

其源出於李陵。發愀愴之詞，文秀而質羸。在曹、劉間，別構一體。方陳思不足，比魏文有餘。

晉步兵阮籍

其源出於《小雅》。無雕蟲之功。而《詠懷》之作，可以陶性靈，發幽思。言在耳目之內，情寄八荒之表。洋洋乎會於《風》、《雅》，使人忘其鄙近，自致遠大，頗多感慨之詞。厥旨淵放，歸趣難求。顏延年注解，怯言其志。

晉平原相陸機

其源出於陳思。才高詞贍，舉體華美。氣少於公幹，文劣於仲宣。尚規矩，不貴綺錯，有傷直致之奇。然其咀嚼英華，厭飫膏澤，文章之淵泉也。張公歎其大才，信矣！

晉黃門郎潘岳

其源出於仲宣。《翰林》嘆其翩翩然如翔禽之有羽毛，衣服之有綃縠，猶淺於陸機。謝混云：『潘詩爛若舒錦，無處不佳，陸文如披沙簡金，往往見寶。』嶸謂益壽輕華，故以潘爲勝；《翰林》篤論，故歎陸爲深。余常言陸才如海，潘才如江。

晉黄門郎張協

其源出於王粲。文體華净，少病累。又巧構形似之言，雄於潘岳，靡於太冲。風流調達，實曠代之高手。調彩葱菁，音韻鏗鏘，使人味之亹亹不倦。

晉記室左思

其源出於公幹。文典以怨，頗爲精切，得諷諭之致。雖野於陸機，而深於潘岳。謝康樂嘗言：『左太冲詩，潘安仁詩，古今難比。』

宋臨川太守謝靈運

其源出於陳思，雜有景陽之體。故尚巧似，而逸蕩過之，頗以繁蕪爲累。嶸謂若人興多才高，寓目輒書，内無乏思，外無遺物，其繁富宜哉。然名章迥句，處處間起；麗典新聲，絡繹奔會。譬猶青松之拔灌木，白玉之映塵沙，未足貶其高潔也。初，錢塘杜明師夜夢東南有人來入其館，是夕，即靈運生於會稽。旬日，而謝玄亡。其家以子孫難得，送靈運於杜治養之。十五方還都，故名『客兒』。

卷中

漢上計秦嘉　嘉妻徐淑

夫妻事既可傷，文亦悽怨。爲五言者，不過數家，而婦人居二。徐淑叙别之作，亞於《團扇》矣。

魏文帝

其源出於李陵，頗有仲宣之體。則所計百許篇，率皆鄙質如偶語。惟『西北有浮雲』十餘首，殊美贍可玩，始見其工矣。不然，何以銓衡羣彦，對揚厥弟者邪？

晋中散嵇康

頗似魏文。過爲峻切，訐直露才，傷淵雅之致。然託諭清遠，良有鑒裁，亦未失高流矣。

晉司空張華

其源出於王粲。其體華艷，興託不奇，巧用文字，務爲妍冶。雖名高曩代，而疏亮之士，猶恨其兒女情多，風雲氣少。謝康樂云：『張公雖復千篇，猶一體耳。』今置之中品疑弱，處之下科恨少，在季、孟之間矣。

魏尚書何晏　晉馮翊守孫楚　晉著作王讚　晉司徒掾張翰　晉中書令潘尼

平叔鴻鵠之篇，風規見矣。子荆零雨之外，正長朔風之後，雖有累札，良亦無聞。季鷹黄華之唱，正叔緑蘩之章，雖不具美，而文彩高麗，並得虬龍片甲，鳳凰一毛。事同駁聖，宜居中品。

魏侍中應璩

祖襲魏文。善爲古語，指事殷勤，雅意深篤，得詩人激刺之旨。至於『濟濟今日所』，華靡可諷味焉。

晋清河守陸雲　晋侍中石崇　晋襄城太守曹攄　晋朗陵公何劭

清河之方平原，殆如陳思之匹白馬。於其哲昆，故稱二陸。季倫、顏遠，並有英篇。篤而論之，朗陵爲最。

晋太尉劉琨　晋中郎盧諶

其源出於王粲。善爲悽戾之詞，自有清拔之氣。琨既體良才，又罹厄運，故善叙喪亂，多感恨之詞。中郎仰之，微不逮者矣。

晋弘農太守郭璞

憲章潘岳，文體相輝，彪炳可玩。始變永嘉平淡之體，故稱中興第一。《翰林》以爲詩首。但《游仙》之作，詞多慷慨，乖遠玄宗。其云『奈何虎豹姿』，又云『戢翼栖榛梗』，乃是坎壈詠懷，非列仙之趣也。

晉吏部郎袁宏

彦伯《詠史》，雖文體未遒，而鮮明緊健，去凡俗遠矣。

晉處士郭泰機　晉常侍顧愷之　宋謝世基　宋參軍顧邁　宋參軍戴凱

泰機《寒女》之製，孤怨宜恨。長康能以二韻答四首之美。世基横海，顧邁鴻飛。戴凱人實貧羸，而才章富健。觀此五子，文雖不多，氣調警拔，吾許其進，則鮑照、江淹未足逮止。越居中品，僉曰宜哉。

宋徵士陶潛

其源出於應璩，又協左思風力。文體省净，殆無長語。篤意真古，辭興婉愜。每觀其文，想其人德。世歎其質直。至如『懽言醉春酒』、『日暮天無雲』，風華清靡，豈直爲田家語邪？古今隱逸詩人之宗也。

宋光禄大夫顔延之

其源出於陸機。尚巧似。體裁綺密，情喻淵深，動無虚散，一句一字，皆致意焉。又喜用古事，彌見拘束，雖乖秀逸，是經綸文雅才。雅才減若人，則蹈於困躓矣。湯惠休曰：『謝詩如芙蓉出水，顔如錯彩鏤金。』顔終身病之。

宋豫章太守謝瞻　宋僕射謝混　宋太尉袁淑　宋徵君王微　宋征虜將軍王僧達

其源出於張華。才力苦弱，故務其清淺，殊得風流媚趣。課其實録，則豫章僕射，宜分庭抗禮。徵君、太尉，可託乘後車。征虜卓卓，殆欲度驊騮前。

宋法曹參軍謝惠連

小謝才思富捷，恨其蘭玉夙凋，故長轡未騁。《秋懷》、《擣衣》之作，雖復靈運鋭思，亦何以加焉。又工爲綺麗歌謡，風人第一。《謝氏家録》云：『康樂每對惠連，輒得佳語。後在永嘉西堂，思詩竟日不就，寤寐間忽見惠連，即成「池塘生春草」。故嘗云：「此語有神助，非我語也。」』

宋參軍鮑照

其源出於二張，善製形狀寫物之詞，得景陽之諔詭，含茂先之靡嫚。骨節强於謝混，驅邁疾於顔延。總四家而擅美，跨兩代而孤出。嗟其才秀人微，故取湮當代。然貴尚巧似，不避危仄，頗傷清雅之調。故言險俗者，多以附照。

齊吏部謝朓

其源出於謝混，微傷細密，頗在不倫。一章之中，自有玉石，然奇章秀句，往往警遒，足使叔源失步，明遠變色。善自發詩端，而末篇多躓，此意鋭而才弱也，至爲後進士子之所嗟慕。朓極與余論詩，感激頓挫過其文。

齊光禄江淹

文通詩體總雜，善於摹擬，筋力於王微，成就於謝朓。初，淹罷宣城郡，遂宿冶亭，夢一美丈夫，自稱郭璞，謂淹曰：『我有筆在卿處多年矣，可以見還。』淹探懷中，得五色筆以授之。爾後爲詩，不復成語，故世傳江淹才盡。

梁衛將軍范雲　梁中書郎邱遲

范詩清便宛轉，如流風迴雪。邱詩點綴映媚，似落花依草。故當淺於江淹，而秀於任昉。

梁太常任昉

彦昇少年爲詩不工，故世稱沈詩任筆，昉深恨之。晚節愛好既篤，文亦遒變。若銓事理，拓體淵雅，得國士之風，故擢居中品。但昉既博物，動輒用事，所以詩不得奇。少年士子，效其如此，弊矣。

梁左光禄沈約

觀休文衆製，五言最優。詳其文體，察其餘論，固知憲章鮑明遠也。所以不閑於經綸，而長於清怨。永明相王愛文，王元長等皆宗附之。約於時謝朓未遒，江淹才盡，范雲名級故微，故約稱獨步。雖文不至其工麗，亦一時之選也。見重閭里，誦詠成音。嶸謂約所著既多，今翦除淫雜，收其精要，允爲中品之第矣。故當詞密於范，意淺於江也。

卷下

漢令史班固　漢孝廉酈炎　漢上計趙壹

孟堅才流，而老於掌故。觀其《詠史》，有感歎之詞。文勝託詠靈芝，懷寄不淺。元叔散憤蘭蕙，指斥囊錢。苦言切句，良亦勤矣。斯人也，而有斯困，悲夫！

魏武帝　魏明帝

曹公古直，甚有悲涼之句。叡不如丕，亦稱三祖。

魏白馬王彪　魏文學徐幹

白馬與陳思答贈，偉長與公幹往復，雖曰『以莛扣鐘』，亦能閑雅矣。

魏倉曹屬阮瑀　晉頓邱太守歐陽建　晉文學應璩　晉

中書令嵇含　晉河南太守阮侃　晉侍中嵇紹　晉黄門棗據

元瑜、堅石七君詩，並平典，不失古體。大檢似，而二嵇微優矣。

晉中書張載　晉司隸傅玄　晉太僕傅咸　晉侍中繆襲　晉散騎常侍夏侯湛

孟陽詩，乃遠慚厥弟，而近超兩傅。長虞父子，繁富可嘉。孝冲雖曰後進，見重安仁。熙伯《挽歌》，惟以造哀爾。

晉驃騎王濟　晉征南將軍杜預　晉廷尉孫綽　晉徵士許詢

永嘉以來，清虚在俗。王武子輩詩，貴道家之言。爰泊江表，玄風尚備。真長、仲祖、桓、庾諸公猶相襲。世稱孫、許，彌善恬淡之詞。

晉徵士戴逵　晉東陽太守殷仲文

安道詩雖嫩弱，有清上之句，裁長補短，袁彦伯之亞乎？逵子顒，亦有一時之譽。晉、宋之際，殆無詩乎！義熙中，以謝益壽、殷仲文爲華綺之冠，殷不競矣。

宋尚書令傅亮

季友文，余常忽而不察。今沈特進撰詩，載其數首，亦復平美。

宋記室何長瑜　羊曜璠　宋詹事范曄

才難，信矣！以康樂與羊、何若此，而□令辭，殆不足奇。乃不稱其才，亦爲鮮舉矣。

宋孝武帝　宋南平王鑠　宋建平王宏

孝武詩，雕文織綵，過爲精密，爲二藩希慕，見稱輕巧矣。

宋光禄謝莊

希逸詩，氣候清雅，不逮於范、袁。然興屬閒長，良無鄙促也。

宋御史蘇寶生　宋中書令史陵修之　宋典祠令任曇緒

宋越騎戴興

蘇、陵、任、戴，並著篇章，亦爲縉紳之所嗟咏。人非文才是愈，甚可嘉焉。

宋監典事區惠恭

惠恭本胡人，爲顔師伯幹。顔爲詩筆，輒偷定之。後造《獨樂賦》，語侵給主，被斥。及大將軍修北第，差充作長。時謝惠連兼記室參軍，惠恭時往共安陵嘲調。末作《雙枕詩》以示謝。謝曰：『君誠能，恐人未重。且可以爲謝法曹造。』遣大將軍，見之賞歎，以錦二端賜謝。謝辭曰：『此詩，公作長所製，請以錦賜之。』

齊惠休上人　齊道猷上人　齊釋寶月

惠休淫靡，情過其才。世遂匹之鮑照，恐商、周矣。羊曜璠云：『是顔公忌照之文，故立休、鮑之論。』康、帛二胡，亦有清句。《行路難》是東陽柴廓所造。寶月嘗憩其家，會廓亡，因竊而有之。廓子賫手本出都，欲訟此事，乃厚賂止之。

齊高帝　齊征北將軍張永　齊太尉王文憲

齊高帝詩，詞藻意深，無所云少。張景雲雖謝文體，頗有古意。至如王師文憲，既經國圖遠，或忽是雕蟲。

齊黄門謝超宗　齊潯陽太守邱靈鞠　齊給事中郎劉祥　齊司徒長史檀超　齊正員郎鍾憲　齊諸暨令顔則　齊秀才顧則心

檀、謝七君，並祖襲顏延，欣欣不倦，得士大夫之雅致乎！余從祖正員嘗云：『大明、泰始中，鮑、休美文，殊已動俗，惟此諸人，傅顏陸體。用固執不移，顏諸暨最荷家聲。』

齊參軍毛伯成　齊朝請吴邁遠　齊朝請許瑶之

伯成文不全佳，亦多惆悵。吴善於風人答贈。許長於短句詠物。湯休謂遠云：『我詩可爲汝詩父。』以訪謝光禄，云：『不然爾，湯可爲庶兄。』

齊鮑令暉　齊韓蘭英

令暉歌詩，往往斷絶清巧，擬古尤勝，唯百願淫矣。照嘗答孝武云：『臣妹才自亞於左芬，臣才不及太冲爾。』蘭英綺密，甚有名篇。又善談笑，齊武謂韓云：『借使二媛生於上葉，則玉階之賦，紈素之辭，未詎多也。』

齊司徒長史張融　齊詹事孔稚珪

思光紆緩誕放，縱有乖文體，然亦捷疾豐饒，差不局促。德璋生於封谿，而文爲雕飾，青於藍矣。

齊寧朔將軍王融　齊中庶子劉繪

元長、士章，並有盛才。詞美英浄，至於五言之作，幾乎尺有所短。譬應變將畧，非武侯所長，未足以貶卧龍。

齊僕射江祏

祏詩猗猗清潤，弟祀明靡可懷。

齊記室王巾　齊綏遠太守卞彬　齊端溪令卞録

王巾、二卞詩，並愛奇嶄絶。慕袁彦伯之風。雖不宏綽，而文體勦浄，去平美遠矣。

齊諸暨令袁嘏

𡏖詩平平耳，多自謂能。嘗語徐太尉云：『我詩有生氣，須人捉著。不爾，便飛去。』

齊雍州刺史張欣泰　梁中書郎范縝

欣泰、子真，並希古勝文，鄙薄俗製，賞心流亮，不失雅宗。

梁秀才陸厥

觀厥文緯，具識丈夫之情狀。自製未優，非言之失也。

梁常侍虞羲　梁建陽令江洪

子陽詩奇句清拔，謝朓常嗟頌之。洪雖無多，亦能自迥出。

梁步兵鮑行卿　梁晉陵令孫察

行卿少年，甚擅風謡之美。察最幽微，而感賞至到耳。

〔明〕楊慎 著

詞品

廣陵書社
中國·揚州

序

詩詞同工而異曲，共源而分派。在六朝，若陶弘景之《寒夜怨》，梁武帝之《江南弄》，陸瓊之《飲酒樂》，隋煬帝之《望江南》，填詞之體已具矣。若唐人之七言律，即填詞之《瑞鷓鴣》也。七言律之仄韻，即填詞之《玉樓春》也。若韋應物之《三臺曲》、《調笑令》，劉禹錫之《竹枝詞》、《浪淘沙》，新聲迭出。孟蜀之《花間》，南唐之《蘭畹》，則其體大備矣。豈非共源同工乎？然詩聖如杜子美，而填詞若太白之《憶秦娥》、《菩薩蠻》者，集中絕無。宋人如秦少游、辛稼軒，詞極工矣，而詩殊不强人意。疑若獨蓺然者，豈非異曲分派之説乎？昔宋人選填詞曰《草堂詩餘》。其曰『草堂』者，太白詩名《草堂集》，見鄭樵書目。太白本蜀人，而草堂在蜀，懷故國之意也。曰『詩餘』者，《憶秦娥》、《菩薩蠻》二首爲詩之餘，而百代詞曲之祖也。今士林多傳其書，而昧其名。故於余所著《詞品》首著之云。

嘉靖辛亥仲春，花朝洞天真逸楊慎序。

卷一

陶弘景寒夜怨

陶弘景《寒夜怨》云：『夜雲生，夜鴻驚，悽切嘹唳傷夜情。』後世填詞，《梅花引》格韻似之，後換頭微異。

陸瓊飲酒樂

陳陸瓊《飲酒樂》云：『蒲桃四時芳醇，琉璃千鍾舊賓。夜飲舞遲銷燭，朝醒弦促催人。春風秋月長好，歡醉日月言新。』唐人之《破陣樂》、《何滿子》皆祖之。

梁武帝江南弄

梁武帝《江南弄》云：『衆花雜色滿上林。舒芳耀彩垂輕陰。連手躞蹀舞春心。舞春心，臨歲腴。中人望，獨踟躕。』此詞絕妙。

填詞起於唐人，而六朝已濫觴矣。其餘若《美人聯錦》、《江南稚女》諸篇皆是。樂府具載，不盡録也。

徐勉迎客送客曲

古者宴客有迎客送客曲，亦猶祭祀有迎神送神也。梁徐勉《迎客曲》云：『絲管列，舞曲陳。含聲未奏待嘉賓。羅絲管，陳舞席。斂袖嘿唇迎上客。』《送客曲》云：『袖繽紛，聲委咽。餘曲未終高駕別。爵無算，景已流。空紆長袖客不留。』徐勉在梁爲賢臣。其爲吏部日，宴客，酒酣，有求詹事者。勉曰：『今宵且可談風月。』其嚴正而又蘊藉如此。江左風流宰相，豈獨謝安、王儉邪？

僧法雲三洲歌

梁僧法雲《三洲歌》云：『三洲。斷江口，水從窈窕河傍流。

啼將别共來，長相思。』又云：『三洲。斷江口，水從窈窕河傍流。歡將樂共來，長相思。』江左詞人多風致，而僧亦如此，不獨惠休之《碧雲》也。

隋煬帝詞

隋煬帝《夜飲朝眠曲》云：『憶睡時，待來剛不來。卸妝仍索伴，解珮更相催。博山思結夢，沉水未成灰。』其二云：『憶起時，投籤初報曉。被惹香黛殘，枕隱金釵裊。笑動林中烏，除卻司晨鳥。』二詞風致婉麗。其餘如《春江花月夜》、《江都樂》、《紀遼東》，並載樂府。其《金釵兩股垂》、《龍舟五更轉》，名存而辭亡。《鐵圍山叢談》云：『寒鴉飛數點，流水繞孤村。』乃煬帝辭，而全篇不傳。又傳奇有煬帝《望江南》數首，不類六朝人語，傳疑可也。

煬帝曲名

《玉女行觴》、《神仙留客》皆煬帝曲名。

王褒高句麗曲

王褒《高句麗曲》云：『蕭蕭易水生波，燕趙佳人自多。傾盃覆盌漼漼，垂手奮袖娑娑。不惜黄金散盡，惟畏白日蹉跎。』與陳陸瓊《飲酒樂》同調。蓋疆埸限隔，而聲調元通也。王褒，宇文周時人，字子深，非漢王褒也。是時亦有蘇子卿，有《梅花落》一首。方回遂以爲漢之蘇武，何不考之過乎！

穆護砂

樂府有《穆護砂》，隋朝曲也。與《水調》、《河傳》同時，皆隋開汴河時詞人所製勞歌也。其聲犯角。其後至今訛『砂』爲『煞』云。予嘗有詩云：『桃根桃葉最夭斜，《水調》《河傳》《穆護砂》。

無限江南新樂府，陳朝獨賞《後庭花》。』

回紇

《回紇》，商調曲也。其辭云：『陰山瀚海信難通，幽閨少婦罷裁縫。緬想邊庭征戰苦，誰能對鏡冶愁容。久戍人將老，須臾變作白頭翁。』其辭纏綿含蓄，有長歌之哀，過於痛哭之意。惜不見作者名氏，必陳隋初唐之作也。又有《石州辭》云：『自從君去遠巡邊，終日羅帷獨自眠。看花情轉切，攬涕淚如泉。一自離君後，啼多雙眼穿。何時狂虜滅，免得更留連。』并附於此。

沈約六憶辭

沈約《六憶辭》，其一云：『憶來時，灼灼上階墀。勤勤叙離別，慊慊道相思。相看常不足，相見乃忘飢。』其二云：『憶坐時，黯黯羅帳前。或歌四五曲，或弄兩三絃。笑時應莫比，嗔時更可憐。』其三云：『憶眠時，人眠强未眠。解羅不待勸，就枕更須牽。復恐傍人見，嬌羞在燭前。』逸其三首。

梁簡文春情曲

梁簡文帝《春情曲》云：『蝶黄花紫燕相追，楊低柳合路塵飛。已見垂鈎掛緑樹，誠知淇水霑羅衣。兩童夾車問不已，五馬城頭猶未歸。鶯啼春欲駛，無爲空掩扉。』此詩似七言律，而末句又用五言。王無功亦有此體，又唐律之祖。而唐詞《瑞鷓鴣》格韻似之。

長相思

徐陵《長相思》云：『長相思，好春節。夢裏恒啼悲不洩。帳中起，窗前咽。柳絮飛還聚，遊絲斷復結。欲見洛陽花，如君隴頭雪。』蕭淳和之云：『長相思，久離别。新燕參差條可結。狐關遠，雁書絶。對雲恒憶陣，看花復愁雪。猶有望歸心，流黄未剪截。』二辭可謂勁敵。

王筠楚妃吟

王筠《楚妃吟》，句法極異。其詞云：『窗中曙，花早飛。林中明，鳥早歸。庭中日，暖春閨。香氣亦霏霏。香氣飄，當軒清唱調。獨顧慕，含怨復含嬌。蝶飛蘭復熏，裊裊輕風入翠裙。春可遊，歌聲梁上浮。春遊方有樂，沉沉下羅幕。』大率六朝人詩，風華情致，若作長短句，即是詞也。宋人長短句雖盛，而其下者，有曲詩、曲論之弊，終非詞之本色。予論填詞必泝六朝，亦昔人窮探黄河源之意也。

宋武帝丁都護歌

宋武帝《丁都護歌》云：『都護北征時，儂亦惡聞許。願作石尤風，四面斷行旅。』又云：『都護北征去，相送落星墟。帆檣如芒檉，都護今何渠。』唐人用『丁都護』及『石尤風』事，皆本此。二辭絶妙。宋武帝征伐武略，一代英雄，而復風致如此。其殆全才乎。

白團扇歌

晋中書令王珉，與嫂婢謝芳姿有情愛，捉白團扇與之。樂府遂有《白團扇歌》云：『白團扇，憔悴無復理，羞與郎相見。』其本辭云：『犢車薄不乘，步行耀玉顔。逢儂都共語，起欲著夜半。』其二云：『團扇薄不摇，窈窕摇蒲葵。相憐中道罷，定是阿誰非。』其三云：『御路薄不行，窈窕穿迴塘。團扇障白日，面作芙蓉光。』其四云：『白錦薄不著，趣行著練衣。異色都言好，清白爲誰施。』薄，如《唐書》『薄天子不爲』之『薄』。芳姿之才如此，而屈爲人婢，信乎佳人薄命矣。元關漢卿嘗見一從嫁媵婢，作一小令云：『髩鴉。臉霞。屈殺了、將陪嫁。規摹全似大人家。不在紅娘下。巧笑迎人，文談回話。真如解語花。若咱得他，倒了蒲桃架。』事亦相類而可笑，并附此。

五更轉

陳伏知道《從軍五更轉》云：『一更刁斗鳴，校尉逴連城。懸聞射雕騎，遥憚將軍名。二更愁未央，高城寒夜長。試將弓學月，聊持劍比霜。三更夜警新，横吹獨吟春。强聽梅花落，誤憶柳園人。四更星漢低，落月與山齊。依稀北風裏，胡笳雜馬嘶。五更催送籌，曉色映山頭。城烏初起堞，更人悄下樓。』其後隋煬帝效之，作《龍舟五更轉》，見《文中子》。

長孫無忌新曲云：『家住朝歌下，早傳名。結伴來遊淇水上，舊時情。玉珮金鈿隨步動，雲羅霧縠逐風輕。轉目機心懸自許，何須更待聽琴聲。』又一曲云：『迴雪凌波遊洛浦，遇陳王。婉約娉婷工語笑，侍蘭房。芙蓉綺帳開還掩，翡翠珠被爛齊光。長願今宵奉顔色，不愛聞簫逐鳳凰。』

崔液踏歌行

唐崔液《踏歌辭》二首，體製藻思俱新。其辭云：『綵女迎金屋，仙姬出畫堂。鴛鴦裁錦袖，翡翠帖花黄。歌響舞分行，豔色動流光。』其二云：『庭際花微落，樓前漢已横。金壺催夜盡，羅綉舞寒輕。調笑暢歡情，未半著天明。』近刻唐詩，不得其句讀，而妄改，特爲分注之。

太白清平樂詞

李太白應制《清平樂》詞云：『禁庭春晝，鶯羽披新繡。百草巧求花下鬭，只賭珠璣滿斗。日晚卻理殘粧，御前閑舞霓裳。誰道腰肢窈窕，折旋消得君王。』其二云：『禁幃秋夜，明月探窗鏬。玉帳鴛鴦噴蘭麝，時落銀燈香灺。女伴莫話孤眠，六宮羅綺三千。一笑皆生百媚，宸遊教在誰邊。』此詞見呂鵬《遏雲集》，載四首。黃玉林以其二首無清逸氣韻，止選二首。愼嘗補作二首。其一云：『君王未起，玉漏穿花底。永巷脱簪妝黛洗，衣濕露華似水。六宮鸞鳳鴛鴦，九重羅綺笙簧。但願君恩似日，從教妾鬢如霜。』其二云：『傾城豔質，本自神仙匹。二八承恩初選入，身是三千第一。月明花落黃昏，人間天上消魂。且共題詩團扇，笑他買賦長門。』永昌張愈光見而深愛之，以爲遠不忘諫，歸命不怨，塡詞中有風雅也。荒淺敢望前人，然亦不孤愈光之賞爾。

白樂天花非花辭

白樂天之詞，《望江南》三首在樂府，《長相思》二首見《花庵詞選》。予獨愛其《花非花》一首云：『花非花，霧非霧。夜半來，天明去。來如春夢不多時，去似朝雲無覓處。』蓋其自度之曲，因情生文者也。『花非花，霧非霧』，雖《高唐》、《洛神》，奇麗不及也。張子野衍之爲《御街行》，亦有出藍之色，今附於此：『天非花豔輕非霧。夜半來，天明去。來如春夢不多時，去似朝雲無覓處。參差漸辨西池樹，朱閣斜欹户。綠苔深徑少人行，苔上屐痕無數。殘香餘粉，閑衾剩枕，天把多情付。』

詞名多取詩句

詞名多取詩句，如《蝶戀花》則取梁元帝『翻階蛺蝶戀花情』。《滿庭芳》則取吴融『滿庭芳草易黄昏』。《點絳唇》則取江淹『白雪凝瓊貌，明珠點絳脣』。《鷓鴣天》則取鄭嵎『春遊鷄鹿塞，家在鷓鴣天』。《惜餘春》則取太白賦語。《浣溪沙》則取少陵詩意。《青玉案》則取《四愁詩》語。《菩薩蠻》，西域婦髻也。《蘇幕遮》，西域婦帽也。《尉遲盃》，尉遲敬德飲酒必用大盃，故以名曲。《蘭陵王》每入陣必先，故歌其勇。《生查子》，『查』，古『槎』字，張騫乘槎事也。《西江月》，衛萬詩『只今惟有西江月，曾照吴王宫裏人』之句也。《瀟湘逢故人》，柳渾詩句也。《粉蝶兒》，毛澤民詞『粉蝶兒共花同活』句也。餘可類推，不能悉載。

踏莎行

韓翃詩：『踏莎行草過春谿。』詞名《踏莎行》本此。

上江虹、紅窗影

唐人小説《冥音録》，載曲名有《上江虹》，即《滿江紅》。《紅窗影》，即《紅窗迵》也。

菩薩鬘、蘇幕遮

西域諸國婦人，編髮垂髻，飾以雜華，如中國塑佛像瓔珞之飾，曰菩薩鬘，曲名取此。唐書呂元濟上書，比見方邑，相率爲渾脱隊，駿馬胡服，名曰『蘇幕遮』，曲名亦取此。李太白詩『公孫大娘渾脱舞』，即此際之事也。

夜夜、昔昔

梁樂府《夜夜曲》，或名《昔昔鹽》。『昔』即『夜』也。《列子》：『昔昔夢爲君。』『鹽』亦曲之别名。

阿彈迴

太白詩『羌笛横吹阿䡾迴』，番曲名。張祜集有《阿濫堆》，即此也。番人無字，止以聲傳，故隨中國所書，人各不同爾，難以意求也。

阿濫堆

張祜詩：『紅樹蕭蕭閣半開，玉皇曾幸此宫來。至今風俗驪山下，村笛猶吹《阿濫堆》。』宋賀方回長短句云：『待月上潮平波灔，塞管孤吹新《阿濫》。』《中朝故事》云：驪山多飛鳥，名『阿濫堆』，明皇採其聲爲曲子。又作《鶡爛堆》。《酉陽雜俎》云：『鶡爛堆黄，一變之鵠，色如鶖鷺。鵠轉之後，乃至累變。横理轉細，臆前漸漸微白。』

烏鹽角

曲名有《烏鹽角》。《江鄰幾雜志》云：『始教坊家人市鹽，得一曲譜於角子中。翻之，遂以名焉。』戴石屏有《烏鹽角行》。元人《月泉吟社》詩：『山歌聒耳《烏鹽角》，村酒柔情玉練搥。』

小梁州

賈逵曰：梁米出於蜀漢，香美逾於諸梁，號曰『竹根黄』，梁州得名以此。秦地之西，燉煌之間，亦産梁米。土沃類蜀，故號《小梁州》，爲西音也。

六州歌頭

《六州歌頭》，本鼓吹曲也，音調悲壯。又以古興亡事實之，聞之使人慷慨，良不與豔詞同科，誠可喜也。『六州』得名，蓋唐人西邊之州，伊州、梁州、甘州、石州、渭州、氐州也。此詞宋人大祀、大卹，皆用此調。國朝大卹，則用《應天長》云。伊、梁、甘、石，唐人樂府多有之。《胡渭州》見張祜詩。《氐州第一》見周美成詞。

法曲獻仙音

《望江南》，即唐《法曲獻仙音》也。但《法曲》凡三疊，《望江南》止兩疊爾。白樂天改《法曲》爲《憶江南》。其詞曰：『江南好，風景舊曾諳。』二疊云：『江南憶，最憶是杭州。』三疊云：『江南憶，其次憶吳宮。』見樂府。南宋紹興中，杭都酒肆中，有道人攜烏衣椎髻女子，買斗酒獨飲，女子歌以侑之，歌詞非人世語。或記之，以問一道士。道士曰：『此赤城韓夫人作《法駕導引》也。烏衣女子蓋龍云。』其詞曰：『朝元路，朝元路，同駕玉華君。千乘載花紅一色，人間遥指是祥雲。迴望海光新。』二疊云：『東風起，東風起，海上百花摇。十八風鬟雲半動，飛花和雨著輕綃。歸路碧迢迢。』三疊云：『簾漠漠，簾漠漠，天淡一簾秋。自洗玉舟斟白酒，月華微映是空舟。歌罷海西流。』此辭即《法曲》之腔。文士好奇，故神其事以傳爾。豈有天仙而反取開元人間之腔乎？

小秦王

唐人絶句多作樂府歌，而七言絶句隨名變腔。如《水調歌頭》、《春鶯轉》、《胡渭州》、《小秦王》、《三臺》、《清平調》、《陽關》、《雨淋鈴》，皆是七言絶句而異其名，其腔調不可考矣。予愛《小秦王》三首。其一云：『鴈門山上鴈初飛，馬邑闌中馬正肥。陌上朝來逢驛騎，殷勤南北送征衣。』其二云：『柳條金嫩不勝鴉，青粉牆頭道韞家。燕子不來春寂寞，小窗和雨夢梨花。』其三云：『十指纖纖玉筍紅，雁行輕度翠弦中。分明自説長城苦，水闊雲寒一夜風。』第一首妓女盛小叢作，後二首無名氏。

仄韻絶句

仄韻絶句，唐人以入樂府。唐人謂之《阿那曲》，宋人謂之

《雞叫子》。唐詩『春草萋萋春水緑，野棠開盡飄香玉。繡嶺宫前鶴髮翁，猶唱開元太平曲』。乃無名氏聞鬼仙之謠，非李洞作也。李洞詩集具在，詩體大與此不同，可驗。女郎姚月華一首：『春草萋萋春水緑，對此思君淚相續。羞將離恨附東風，理盡秦箏不成曲。』又云：『與君形影分胡越，玉枕經年對離別。登臺北望煙雨深，回身泣向寥天月。』宋張仲宗詞云：『西樓月落雞聲急，夜浸疎香寒淅瀝。玉人醉渴嚼春冰，曉色入簾横寶瑟。』張文潛《荷花》一首云：『平池碧玉秋波瑩，緑雲擁扇青摇柄。水宫仙子鬭紅妝，輕步淩波踏明鏡。』杜祁公《詠雨中荷花》一首云：『翠蓋佳人臨水立，檀粉不匀香汗濕。一陣風來碧浪翻，真珠零落難收拾。』三首皆佳。宋人作詩與唐遠，而作詞不愧唐人，亦不可曉。《太平廣記》載妖女一詞云：『五原分袂真胡越，燕拆鶯離芳草歇。年少煙花處處春，北邙空恨清秋月。』其詞亦佳。坡詞『春事闌珊芳草歇』亦用其語。或疑『歇』字似趁韻，非也。唐劉瑶詩『瑶草歇芳心耿耿』，皆有出處，一字不苟如此。

阿那、紇那曲名

李郢《上元日寄湖杭一從事》詩曰：『戀别山登憶水登，山光水焰百千層。謝公留賞山公唤，知入笙歌《阿那》朋。』劉禹錫夔州《竹枝詞》云：『楚水巴山小雨多，巴人能唱本鄉歌。今朝北客思歸去，回入《紇那》披緑蘿。』『阿那』、『紇那』，皆當時曲名。李郢詩言變梵唄爲豔歌，劉禹錫詩言翻南調爲北曲也。『阿那』皆叶上聲，『紇那』皆叶平聲，此又隨方音而轉也。

醉公子

唐人《醉公子》詞云：『門外猧兒吠，知是蕭郎至。刬襪下香階，寃家今夜醉。扶得入羅帏，不肯脱羅衣。醉則從他醉，還勝獨睡時。』唐詞多緣題所賦，《臨江仙》則言水仙，《女冠子》則述道情，《河瀆神》則詠祠廟，《巫山一段雲》則狀巫峽。如此詞題曰《醉公子》，即詠公子醉也。爾後漸變，與題遠矣。此詞又名《四换頭》，因其詞意四换也。前輩謂此可以悟詩法。或以問韓子蒼，子蒼曰：『只是轉折多。且如剗襪下階是一轉矣，而苦其今夜醉又是一轉，喜其入羅帏又是一轉，不肯脱衣又是一轉，後兩句自開釋，又是一轉。其後製四换韵一調，亦名《醉公子》云。』今附録之，蓋孟蜀顧敻辭也。『河漢秋雲澹，紅藕香侵檻。枕倚小山屏，金鋪向晚扃。睡起横波慢，獨坐情何限。衰柳數聲蟬，魂銷似去年。』

如夢令

唐莊宗詞云：『曾宴桃源深洞，一曲舞鸞歌鳳。長記別伊時，和淚出門相送。如夢，如夢。殘月落花烟重。』此莊宗自度曲也。樂府取詞中『如夢』二字名曲，今誤傳爲吕洞賓，非也。

搗練子

李後主《搗練子》云：『深院静，小庭空。斷續寒砧斷續風。無奈夜長人不寐，數聲和月到簾櫳。』詞名《搗練子》，即詠搗練，乃唐詞本體也。

人月圓

宋駙馬王晋卿《元宵詞》云：『小桃枝上春來早，初試薄羅衣。年年此夜，華燈盛照，人月圓時。禁街簫鼓，寒輕夜永，纖手同攜。更闌人静，千門笑語，聲在簾幃。』此曲晋卿自製，名《人月圓》，即詠元宵，猶是唐人之意。

後庭宴

宋宣和中，掘地得石刻一詞，唐人作也。本無題，後人名之曰《後庭宴》。其詞云：『千里故鄉，十年華屋。亂魂飛過屏山簇。眼重眉褪不勝春，菱花知我銷香玉。　雙雙燕子歸來，應解笑人幽獨。斷歌零舞，遺恨清江曲。萬樹緑低迷，一庭紅撲簌。』

朝天紫

朝天紫，本蜀牡丹花名，其色正紫，如金紫大夫之服色，故名。後人以爲曲名。今以『紫』作『子』，非也，見陸游《牡丹譜》。

乾荷葉

元太保劉秉忠《乾荷葉》曲云：『乾荷葉，色蒼蒼。老柄風摇蕩。減了清香，越添黄。都因昨夜一場霜。寂寞秋江上。』此秉忠自度曲，曲名《乾荷葉》，即詠乾荷葉，猶是唐詞之意也。又一首『弔宋』云：『南高峯，北高峯。慘淡烟霞洞。宋高宗，一場空。吴山依舊酒旗風。兩度江南夢。』此借腔别詠，後世詞例也。然其曲悽惻感慨，千古之寡和也。或云非秉忠作。秉忠助元凶宋，惟恐不早，而復爲弔惜之辭，其俗所謂斧子斫了手摩挲之類也。

樂曲名解

《古今樂録》云：『傖歌以一句爲一解，中國以一章爲一解。』王僧虔啓曰：『古曰章，今曰解。解有多少，當是先詩而後聲。詩叙事，聲成文，必使志盡於詩，音盡於曲。是以作詩有豐約，制解有多少。』又：『諸曲調，皆有詞、有聲。而大曲又有豔、有趨、有亂。詞者，其歌詩也。聲者，若羊吾、夷伊、那何之類也。豔在曲之前，趨與亂在曲之後，亦猶吴聲西曲，前有和，後有送也。』愼按：豔在曲之前，與吴聲之和，若今之引子。趨與亂在曲之後，與吴聲之送，若今之尾聲。羊吾、夷伊、那何，皆聲之餘音嫋嫋，有聲無字。雖借字作譜而無義。若今之哩囉、嗹嗹、唵吽也。知此，可以讀古樂府矣。

鼓吹、騎吹、雲吹

樂府有鼓吹曲，其昉於黄帝記里鼓之制乎。後世有《鼓吹》、《騎吹》、《雲吹》之名。《建初録》云：列於殿廷者名《鼓吹》，列於行駕者名《騎吹》。又曰：《鼓吹》，陸則樓車，水則樓船。其在廷，則以簨簴爲樓也。水行則謂之《雲吹》。《朱鷺》、《臨高臺》諸篇，則《鼓吹曲》也。《務成》、《黄雀》，則《騎吹曲》也。《水調》、《河傳》，則《雲吹曲》也。宋之問詩：『稍看朱鷺轉，尚識紫騮驕。』此言《鼓吹》也。謝朓詩：『鳴笳翼高蓋，疊鼓送華輈。』此言《騎吹》

也。梁簡文詩：『廣水浮雲吹，江風引夜衣。』此言《雲吹》也。

唐詞多無换頭

張泌，南唐人，有《江城子》二闋。其一云：『碧闌干外小中庭。雨初晴，曉鶯聲。飛絮落花，時節近清明。睡起捲簾無一事。匀面了，没心情。』其二云：『浣花溪上見卿卿。眼波明，黛眉輕。高綰緑雲，低簇小蜻蜓。好是問他得來麽？和笑道，莫多情。』黄叔暘云：『唐詞多無换頭，如此詞自是兩首，故重押兩「情」字，兩「明」字。今人不知，合爲一首，則誤矣。』

填詞句參差不同

填詞平仄及斷句皆定數，而詞人語意所到，時有參差。如秦少游《水龍吟》前段歇拍句云：『紅成陣，飛鴛甃。』换頭落句云：『念多情但有，當時皓月，照人依舊。』以詞意言，『當時皓月』作一句，『照人依舊』作一句。以詞調拍眼，『但有當時』作一拍，『皓月照』作一拍，『人依舊』作一拍，爲是也。維揚張世文云：陸放翁《水龍吟》，首句本是六字，第二句本是七字。若『摩訶池上追遊客』則七字。下云『紅緑參差春晚』，卻是六字。又如後篇《瑞鶴仙》，『冰輪桂花滿溢』爲句，以『滿』字叶，而以『溢』字帶在下句。别如二句分作三句、三句合作二句者尤多。然句法雖不同，而字數不少。妙在歌者上下縱横取協爾。古詩亦有此法，如王介甫『一讀亦使我，慨然想遺風』是也。

填詞用韻宜諧俗

沈約之韻，未必悉合聲律，而今詩人守之，如金科玉條。此無他，今之詩學李杜，李杜學六朝，往往用沈韻，故相襲不能革也。若作填詞，自可通變。如『朋』字與『蒸』同押，『打』字與『等』同押，『卦』字、『畫』字與『怪』『壞』同押，乃是鳩舌之病，豈可以爲法耶？元人周德清著《中原音韻》，一以中原之音爲正，偉矣。然予觀宋人填詞，亦已有開先者。蓋真見在人心目，有不約而同者。俗見之膠固，豈能眯豪傑之目哉？試舉數詞於右。東坡《一斛珠》云：『洛城春晚。垂楊亂掩紅樓半。小池輕浪紋如篆。燭下花前，曾醉離歌宴。　自惜風流雲雨散。關山有限情無限。待君重見尋芳伴。爲説相思，目斷西樓燕。』『篆』字沈韻在上韻，本屬鳩舌，坡特正之也。蔣捷『元夕』《女冠子》云：『蕙花香也，雪晴池館如畫。春風飛到，寶釵樓上，一片笙簫，琉璃光射。而今燈謾挂。不是暗塵明月，那時元夜。況年來，心嬾意怯，羞與鬧蛾兒爭耍。　江城人悄初更打。問繁華誰解，再向天公借。剔殘紅灺，但夢裏隱隱，鈿車羅帕。吳牋銀粉砑。待把舊家風景，寫成閑話。笑緑鬟鄰女，倚窗猶唱，夕陽西下。』是駁正沈韻『畫』及『挂』『話』及『打』字之謬也。吕聖求《惜分釵》云：『重簾下，微燈挂。背蘭同説春風話。』用韻亦與蔣捷同意。晁叔用《感皇恩》云：『寒食不多時，牡丹初賣。小院重簾燕飛礙。昨宵風雨，尚有一分春在。今朝猶自得，陰晴快。熟睡起來，宿醒微帶。不惜羅襟揾眉黛。日長梳洗，看看花影移改。笑拈雙杏子，連枝帶。』此詞連用數韻，酌古斟今尤妙。國初高季迪《石州慢》云：『落了辛夷，風雨頓催，庭院瀟灑。春來長恁，樂章嬾按，酒籌慵把。辭鶯謝燕，十年夢斷青樓，情隨柳絮猶縈惹。難覓舊知音，把琴心重寫。天冶。憶曾攜手，鬬草闌邊，買花簾下。看轆轤低轉，秋千高打。如今何處，總有團扇輕衫，與誰共走章臺馬？回首暮山青，又離愁來也。』諸公數詞可爲用韻之式，不獨綺語之工而已。

燕眄鶯轉

《禽經》：『燕以狂眄，鶯以喜轉。』眄，視也。《夏小正》：『來降燕乃睇。』《轉》，曲名，鶯聲似歌曲，故曰『轉』。

哀曼

晉鈕滔母孫氏《箜篌賦》曰：『樂操則寒條反榮，哀曼則晨華朝滅。』『曼』與『慢』通，亦曲名，如《石州慢》、《聲聲慢》之類。

北曲

《南史》蔡仲熊曰：『五音本在中土，故氣韻調平。東南土氣偏詖，故不能感動木石。』斯誠公言也。近世北曲，雖皆鄭衛之音，然猶古者總章北里之韻，梨園教坊之調，是可證也。近日多尚海鹽南曲，士夫稟心房之精，從婉孌之習者，風靡如一。甚者北土亦移而躭之。更數十年，北曲亦失傳矣。白樂天詩：『吴越聲邪無法用，莫教偷入管弦中。』東坡詩：『好把鸞黄記宫樣，莫教弦管作蠻聲。』

歐蘇詞用選語

歐陽公詞『草薰風暖摇征轡』，乃用江淹《别賦》『閨中風暖，陌上草薰』之語也。蘇公詞『照野瀰瀰淺浪，横空曖曖微霄』，乃用陶淵明『山滌餘靄，宇曖微霄』之語也。填詞雖於文爲末，而非自選詩樂府來，亦不能入妙。李易安詞『清露晨流，新桐初引』，乃全用《世説》語。女流有此，在男子亦秦、周之流也。

草薰

佛經云：『奇草芳花，能逆風聞薰。』江淹《别賦》『閨中風暖，陌上草薰』，正用佛經語。《六一詞》云『草薰風暖摇征轡』，又用江淹語。今《草堂》詞改『薰』作『芳』，蓋未見《文選》者也。《弘明集》：『地芝候月，天華逆風。』

南雲

晏元獻公《清商怨》云：『關河愁思望處滿。漸素秋向晚。鴈過南雲，行人回淚眼。雙鸞衾裯悔展。夜又永，枕孤人遠。夢未成歸，梅花聞塞管。』此詞誤入歐公集中。按詩話：或問晏同叔詞『鴈過南雲』何所本，庚溪以江淹詩『心逐南雲去，身隨北鴈來』答之。不知陸機《思親賦》有『指南雲以寄欽』之句。陸雲《九愍》云：『眷南雲以興悲。』『南雲』字當是用陸公語也。

詞用晉帖語

『天氣殊未佳，汝定成行否。寒食近，且住爲佳爾。』此晉無名氏帖中語也。辛稼軒融化作《霜天曉角》詞云：『吴頭楚尾，一棹人千里。休説舊愁新恨，長亭樹，今如此。宦遊吾倦矣，玉人留我醉。明日落花寒食，得且住，爲佳爾。』晋人語本入妙，而詞又融化之如此，可謂珠璧相照矣。

屯雲

中山王《文木賦》：『奔雷屯雲，薄霧濃雰。』皆形容木之文理也。杜詩『屯雲對古城』，實用其字。李易安『九日』詞『薄霧濃雰愁永晝』，今俗本改雰作『雲』。

樂府用取月字

《子夜歌》『開窗取月光』，又『籠窗取涼風』，妙在『取』字。

齊己詩

僧齊己詩：『重城不鎖夢，每夜自歸山。』宋人小詞：『金門不鎖夢，隨意繞天涯。』

歐詞石詩

歐陽公詞：『平蕪盡處是春山，行人更在春山外。』石曼卿詩：『水盡天不盡，人在天盡頭。』歐與石同時，且爲文字友，其偶同乎？抑相取乎？

側寒

吕聖求《望海潮》詞云：『側寒斜雨，微燈薄霧，匆匆過了元宵。簾影護風，盆池見日，青青柳葉柔條。碧草皺裙腰。正晝長煙暖，蜂困鶯嬌。望處凄迷，半篙緑水浸斜橋。　孫郎病酒無聊。記烏絲醉語，碧玉風標。新燕又雙，蘭心漸吐，佳期趁取花朝。心事轉迢迢。但夢隨人遠，心與山遥。誤了芳音，小窗斜日到芭蕉。』其用『側寒』字甚新。唐詩『春寒側側掩重門』，韓偓詩『側側輕寒剪剪風』，又無名氏詞『玉樓十二春寒側』，與此『側寒斜雨』相襲用之，不知所出。大意，『側』，不正也，猶云峭寒爾。聖求在宋，人不甚著名，而詞甚工。如《醉蓬萊》、《撲胡蝶近》、《惜分釵》、《薄倖》、《選冠子》、《百宜嬌》、《荳葉黄》、《鼓笛慢》，佳處不減秦少游。見予所集《詞林萬選》及《填詞選格》。

聞笛詞

南渡後，有題『聞笛』《玉樓春》詞於杭京者。其詞云：『玉樓十二春寒側。樓角暮寒吹玉笛。天津橋上舊曾聽，三十六宫秋草碧。昭華人去無消息。江上青山空晚色。一聲落盡短亭花，無數行人歸未得。』其詞悲感悽惻，在陳去非『憶昔午橋』之上，而不知名。或以爲張子野，非也。子野卒於南渡之前，何得云『三十六宫秋草碧』乎？

等身金

宋賈黄中，幼日聰悟過人。父取書與其身相等，令誦之，謂之

『等身書』。張子野《歸朝懽》詞云：『聲轉轆轤聞露井。曉汲銀瓶牽素綆。西園人語夜來風，叢英飄墜紅成逕。寶猊煙未冷。蓮臺香燭殘痕凝。音佞。等身金，誰能得意，買此好光景。粉落輕粧紅玉瑩。月枕横釵雲墜領。有情無物不雙棲，文禽只合長交頸。晝長懽豈定。争如翻做春宵永。日曈曨，嬌柔嬾起，簾押捲花影。』此詞極工，全録之。不觀賈黄中傳，知『等身金』爲何語乎？

關山一點

杜詩『關山同一點』，『點』字絶妙。東坡亦極愛之，作《洞仙歌》云：『一點明月窺人。』用其語也。《赤壁賦》云『山高月小』，用其意也。今書坊本改『點』作『照』，語意索然。且『關山同一照』，小兒亦能之，何必杜公也。幸《草堂詩餘》可證。

張小山《小桃紅》詞云：『一汀煙柳索春饒，添得楊花鬧。盼殺歸舟木蘭棹，水迢迢。畫樓明月空相照。今番瘦了，多情知道。寬褪了翠裙腰。』『蔓蒿穿雪動，楊柳索春饒』，山谷詩也。此詞用之。今刻本不知，改『饒』爲『愁』，不惟無韻，且無味矣。

秋盡江南葉未凋

賀方回作《太平時》一詞，衍杜牧之詩也。其詞云：『秋盡江南葉未凋，晚雲高。青山隱隱水迢迢，接亭皋。二十四橋明月夜，弭蘭橈。玉人何處教吹簫，可憐宵。』按此，則牧之本作『葉未凋』。今妄改作『草木凋』，與上下意不相接矣。幸有此可正其誤。

玉船風動酒鱗紅

何晉之《小重山》詞云：『緑樹啼鶯春正濃。枝頭青杏小，緑成叢。玉船風動酒鱗紅。歌聲咽，相見幾時重。車馬去匆匆。路遥芳草遠，恨無窮。相思只在夢魂中。今宵月，偏照小樓東。』臨邛高恥庵云：『玉船風動酒鱗紅』之句，譬如雲錦月鈎，造化之巧，非人琢也。此等句在天地間有限。

泥人嬌

俗謂柔言索物曰『泥』，乃計切，諺所謂軟纏也。杜子美詩：『忽忽窮愁泥殺人。』元微之《憶内》詩：『顧我無衣搜藎篋，泥他沽酒拔金釵。』杜牧之《登九華樓》詩：『爲郡異鄉徒泥酒。』皇甫《非煙傳》詩曰：『郎心應似琴心怨，脉脉春情更泥誰。』楊乘詩：『晝泥琴聲夜泥書。』元鄧文原《贈妓》詩：『銀燈影裏泥人嬌。』柳耆卿詞：『泥懽邀寵最難禁。』字又作『詎』。《花間集》顧敻詞：『黄鶯嬌轉詎芳妍。』又『記得詎人微斂黛』。字又作『妮』。

王通叟詞：『十三妮子緑窗中。』今山東人目婢曰『小妮子』，其語亦古矣。

凝音佞

《詩》：『膚如凝脂。』『凝』音『佞』。唐詩：『日照凝紅香。』白樂天詩：『落絮無風凝不飛。』又：『舞繁紅袖凝，歌切翠眉愁。』又：『舞急紅腰凝，歌遲翠黛低。』徐幹臣詞：『重省，別時淚漬，羅巾猶凝。』張子野詞：『蓮臺香燭殘痕凝。』高賓王詞：『想蕪汀，水雲愁凝。閑蕙帳，猿鶴悲吟。』柳耆卿詞：『愛把歌喉當筵逞。遏天邊，亂雲愁凝。』今多作平音，失之。音律亦不協也。

詞人用䵢字

䵢，黑而有文也，字一作黰，於勿、於月二切。周處《風土記》：『梅雨霑衣服，皆敗䵢。』此字文人罕用，惟《花間集》韋莊及毛熙震詞中見之。韋莊《應天長》詞云：『別來半歲音書絶，一寸離腸千萬結。難相見，易相別。又見玉樓花似雪。　暗相思，無處説。惆悵夜來烟月。想得此時情更切，泪霑紅袖黦。』毛熙震《後庭花》詞曰：『鶯啼燕語芳菲節，後庭花發。昔時懽宴歌聲揭，管弦清越。　自從陵谷追遊歇，畫梁塵黦。傷心一片如珪月，閑鎖宫闕。』此二詞皆工，全録之。

卷二

真丹

王半山和俞秀老《禪思》詞曰：『茫然不肯住林間，有處即追攀。將他死語圖度，怎得離真丹。　漿水價，匹如閑，也須還。何如直截，踢倒軍持，贏取溈山。』此詞意勸秀老純歸於禪，住山不出遊也。真丹，即震旦也。軍持，取水瓶也，行脚之具。踢倒軍持，勸其勿事行脚也。溈山和尚欲謀住山，曰：『此山名骨山，和尚是肉人，骨肉不相離。』言人不當離山也。皆用佛書語。『漿水價』，『也須還』，則用《列子》五漿先饋事。

金荃

元好問詩：『《金荃》怨曲《蘭畹》辭。』《金荃》，温飛卿詞名

《金荃集》。荃即蘭蓀也，音筌。《蘭畹》，唐人詞曲集名，與《花間集》出入，而中有杜牧之詞。

鞋襪稱兩

高文惠妻與夫書曰：『今奉織成襪一量，願着之，動與福并。』『量』當作『兩』，《詩》『葛屨五兩』是也。無名氏《踏莎行》詞末云：『夜深着輛小鞋兒，靠着屏風立地。』『輛』、『兩』蓋古今字也。小詞用《毛詩》字，亦奇。

麝月

蔡松年小詞：『銀屏小語，私分麝月，春心一點。』麝月，茶名，麝言香，月言圓也。或說麝月是畫眉香煤，亦通。但下不得『分』字。又党懷英《茶》詞：『紅莎緑蒻春風餅。趁梅驛，來雲嶺。』金國明昌、大定時，文物已埒中國，而製茶之精如此。胡雛亦風味也。非見元宵燈以爲妖星下地之日比也。

檀色

畫家七十二色，有檀色，淺赭所合，詞所謂『檀畫荔枝紅』也。而婦女暈眉色似之。唐人詩詞多用，試舉其略。徐凝《宮中曲》云：『檀妝惟約數條霞。』《花間詞》云：『背人勻檀注。』又『鈿昏檀粉淚縱橫』，又『臂留檀印齒痕香』，又『斜分八字淺檀蛾』是也。又云：『卓女燒春濃美，小檀霞。』則言酒色似檀色。又云：『檀畫荔枝紅，金蔓蜻蜓軟。』又『香檀細畫侵桃臉』，又『淺眉微斂注檀輕』，又『何處惱佳人，檀痕衣上新』，又『脩蛾慢臉，不語檀心一點』，『歌聲慢發開檀點，笑拈金靨』，又『錦檀偏，翹鬢重，翠雲欹』，又『翠鈿檀注助容光』，又『粉檀珠淚和』。伊孟昌《黄蜀葵》詩：『檀點佳人噴異香。』杜衍《雨中荷花》詩：『檀粉不勻香汗濕。』則又指花色似檀色也。東坡《梅》詩：『鮫綃剪碎玉簪輕，檀暈粧成雪月明。肯伴老人春一醉，懸知欲落更多情。』唐宋婦女閨妝，面注檀痕，猶漢魏婦女之注玄的也。嵇含《南方草木狀》：『菂緣子，漬以蜂蜜，點以燕檀。』

黃額

後周天元帝令宮人黃眉黑粧，其風流於後世。虞世基《詠袁寶兒》云：『學畫鴉黃半未成。』此煬帝時事也，至唐猶然。駱賓王詩：『寫月圖黃罷，凌波拾翠通。』又盧照鄰詩：『纖纖初月上鴉黃。』『鴉黃粉白車中出。』王翰詩：『中有一人金作面。』裴慶餘詩：『滿額鵝黃金縷衣。』温庭筠詞：『小山重疊金明滅。』又『蕊黃無限當山額』，又『撲蕊添黃子，呵花滿翠鬟』，又『臉上金霞細，眉間翠鈿深』。牛嶠詞：『額黃侵膩髮，臂釧透紅紗。』張泌詞：『蕊黄香畫帖金蟬。』宋陳去非《臘梅》詩：『智瓊額黄且勿誇，眼明見此風前葩。』智瓊，晋代魚山神女也。額黄事，不見所出，當時必有傳記。而黄粧實自智瓊始乎。今黄粧久廢，汴蜀妓女以金箔飛額上，亦其遺意也。

靨飾

《説文》：『靨，頰輔也。』《洛神賦》：『明眸善睞，靨輔承權。』自吴宫有獺髓補痕之事，唐韋固妻少時爲盜刃所刺，以翠掩之，女粧遂有靨飾。其字二音，一音琰，一音葉。温飛卿詞：『繡衫遮笑靨，煙草粘飛蝶。』此音葉。又云：『粉心黄蕊花靨，黛眉山兩點。』此音琰。《花間詞》：『淺笑含雙靨。』又云：『翠靨眉心小。』又『膩粉半粘金靨子，殘香猶暖綉熏籠』，又『一雙笑靨嚬香蕊』，又『濃蛾淡靨不勝情』，又『笑靨嫩疑花拆，愁眉翠斂山橫』。宋詞：『杏靨夭斜，梅鈿輕薄。』又：『小唇秀靨，團鳳眉心倩郎貼。』則知此飾，五代、宋初爲盛。

花翹

韋莊《訴衷情》詞云：『碧沼紅芳煙雨靜，倚蘭橈。重玉佩，交帶裊纖腰。鴛夢隔星橋，迢迢。越羅香暗銷，墜花翹。』按此詞在成都作也。蜀之妓女，至有花翹之飾，名曰『翹兒花』云。

眼重眉褪

唐詞：『眼重眉褪不勝春。』李後主詞：『多少淚，斷臉復橫頤。』元樂府：『眼餘眉剩。』皆祖唐詞之語。

角妓垂螺

張子野《減字木蘭花》云：『垂螺近額，走上紅裀初趁拍。只恐驚飛，擬倩遊絲惹住伊。文鴛繡履，去似風流塵不起。舞徹《梁州》，頭上宮花顫未休。』又晏小山詞云：『垂螺拂黛青樓女。』又云：『雙螺未學同心綰，已占歌名。月白風清，長倚昭華笛裏聲。』又云：『紅窗碧玉新名舊，猶綰雙螺。一寸秋波，千斛明珠覺未多。』垂螺、雙螺，蓋當時角妓未破瓜時髮飾之名。今秦中妓及搬演旦色，猶有此制。

銀蒜

歐陽六一《倣玉臺體》詩：『銀蒜鈎簾宛地垂。』東坡《哨遍》詞：『睡起畫堂，銀蒜押簾，珠幕雲垂地。』蔣捷《白紵》詞：『早是東風作惡。旋安排，一雙銀蒜鎮羅幕。』銀蒜，蓋鑄銀爲蒜形，以押簾也。宋元親王納妃，公主下降，皆有銀蒜簾押幾百雙。

鬧裝

京師有鬧裝帶，其名始於唐。白樂天詩：『貴主冠浮動，親王帶鬧裝。』薛田詩：『九苞綰就佳人髻，三鬧裝成子弟鞦。』詞曲有『角帶鬧黄鞓』，今作『傲黄鞓』，非也。

椒圖

元人樂府：『户列八椒圖。』又《貝瓊未央瓦硯》歌：『長楊昨夜西風早，錦縵椒圖跡如掃。』竟不知椒圖爲何物。近閲陸文量《菽園雜記》云：『《博物志》逸篇曰，龍生九子，不成龍，各有所好，鴟吻、虬蜡之類也。椒圖，其形似螺，性好閉，故立於門上，即詩人所謂金鋪也。』司馬温公《明妃曲》云：『宫門金環雙獸面，回首何時復來見。』梁簡文《烏栖曲》云：『織成屏風金屈戍。』李賀詩：『屈戍銅鋪鎖阿甄。』皆指此也。又按《尸子》云：『法螺蚌而閉户。』《後漢書·禮儀志》：『殷人以水德王，故以螺著門户。』則椒圖之似螺形，其説信矣。

靺鞨

靺鞨，國名，古肅慎地也。其地産寶石，大如巨栗，中國謂之靺鞨。文與可《朱櫻歌》云：『金衣珍禽弄深樾，禁籞朱櫻斑若纈。上幸離宫促薦新，藤籃寶籠貂璫發。凝霜作丸珠尚軟，油露成津蜜初割。君王午坐鼓猗蘭，翡翠一盤紅靺鞨。』葛魯卿《西江月》詞云：『靺鞨斜紅帶柳，琉璃漲緑平橋。人間花月正新妖，不數江南蘇小。恨寄飛花簌簌，情隨流水迢迢。鯉魚風送木蘭橈，迴棹荒雞報曉。』二公詩詞皆用靺鞨事，人罕知者，故詳疏之。

秋千旗

陸放翁詩云：『秋千旗下一春忙。』歐陽公《漁家傲》云：『隔牆遥見秋千侣，緑索紅旗雙綵柱。』李元膺《鷓鴣天》云：『寂寘秋千兩繡旗。』予嘗命畫工作《寒食士女圖》，秋千架作兩繡旗，人多駭之。蓋未見三公之詩詞也。

三絃所始

今之三絃，始於元時。小山詞云：『三絃玉指，雙鈎草字，題贈玉娥兒。』

十二樓十三樓十四樓

《漢書》：『五城十二樓，仙人居也。』詩家多用之。東坡詞：『遊人都上十三樓。不羨竹西歌吹古揚州。』用杜牧詩『婷婷嫋嫋十三餘』之句也。永樂中，晏振之《金陵春夕》詞：『花月春江十四樓。』人多不知其事。蓋洪武中，建來賓、重譯、清江、石城、鶴鳴、醉仙、樂民、集賢、謳歌、鼓腹、輕煙、淡粉、梅妍、柳翠十四樓於南京，以處官妓。蓋時未禁縉紳用妓也。

五代僭主能詞

五代僭僞十國之主，蜀之王衍、孟昶，南唐之李璟、李煜，吴越之錢俶，皆能文，而小詞尤工。如王衍之『月明如水浸宫殿』，元人用之爲傳奇曲子。孟昶之《洞仙歌》，東坡極稱之。錢俶『金鳳欲飛遭掣搦。情脉脉。行即玉樓雲雨隔』，爲宋藝祖所賞，惜不見其全篇。

花蕊夫人

花蕊夫人，宫詞之外，尤工樂府。蜀亡入汴，書葭萌驛壁云：『初離蜀道心將碎，離恨綿綿。春日如年，馬上時時聞杜鵑。』書未畢，爲軍騎催行。後人續之云：『三千宫女皆花貌，妾最嬋娟。此去朝天，只恐君王寵愛偏。』花蕊見宋祖，猶作『更無一箇是男兒』之詩，焉有隨昶行而書此敗節之語乎？續之者不惟虚空架橋，而詞之鄙，亦狗尾續貂矣。

女郎王麗真

女郎王麗真，有詞名《字字雙》：『牀頭錦衾斑復斑。架上朱衣殷復殷。空庭明月閑復閑。夜長路遠山復山。』

李易安詞

宋人中填詞，李易安亦稱冠絶。使在衣冠，當與秦七、黄九争雄，不獨雄於閨閣也。其詞名《漱玉集》，尋之未得。《聲聲慢》一詞，最爲婉妙。其詞云：『尋尋覓覓，冷冷清清，悽悽慘慘戚戚。乍暖還寒時候，最難將息。三杯兩盞淡酒，怎敵他、晚來風急。鴈過也，正傷心，卻是舊時相識。　滿地黄花堆積。憔悴損，如今有誰堪摘。守着窗兒，獨自怎生得黑。梧桐更兼細雨，到黄昏，點點滴滴。這次第，怎一箇愁字了得。』荃翁張端義《貴耳集》云：

此詞首下十四箇疊字，乃公孫大娘舞劍手。本朝非無能詞之士，未曾有下十四箇疊字者。乃用《文選》諸賦格。『守着窗兒，獨自怎生得黑。』此『黑』字不許第二人押。又『梧桐更兼細雨，到黄昏點點滴滴』，四疊字又無斧痕，婦人中有此，殆間氣也。晚年自南渡後，懷京洛舊事，賦『元宵』《永遇樂》詞云：『落日鎔金，暮雲合璧。』已自工緻。至於『染柳煙輕，吹梅笛怨，春意知幾許』，氣象更好。後疊云：『於今憔悴，風鬟霜鬢，怕見夜間出去。』皆以尋常言語，度入音律。鍊句精巧則易，平淡入妙者難。山谷所謂『以故爲新，以俗爲雅』者，易安先得之矣。

辛稼軒用李易安詞語

辛稼軒詞『泛菊杯深，吹梅角暖』，蓋用易安『染柳煙輕，吹梅笛怨』也。然稼軒改數字更工，不妨襲用。不然，豈盜狐白裘手邪？

朱淑真元夕詞

朱淑真『元夕』《生查子》云：『去年元夜時，花市燈如晝。月上柳梢頭，人約黄昏後。今年元夜時，月與燈依舊。不見去年人，淚濕春衫袖。』詞則佳矣，豈良人家婦所宜邪？又其《元夕》詩云：『火樹銀花觸目紅，極天歌吹暖春風。新懽入手愁忙裏，舊事經心憶夢中。但願暫成人繾綣，不妨長任月朦朧。賞燈那得工夫醉，未必明年此會同。』與其詞意相合，則其行可知矣。

鍾離權

仙家稱鍾離先生者，唐人鍾離權也，與吕嵒同時。韓澗泉選《唐詩絶句》，卷末有鍾離一首，可證也。近世俗人稱漢鍾離，蓋因杜子美《元日》詩有『近聞韋氏妹，遠在漢鍾離』。流傳之誤，遂傅會以鍾離權爲漢將鍾離昧矣，可發一笑也。說神仙者，大率多欺世誑愚，如世傳《沁園春》及《解紅》二詞爲呂洞賓作。按《沁園春》詞，宋駙馬王晋卿初製此腔。解紅兒，則五代和凝歌童，凝爲製《解紅》一曲。初止五句，見陳氏《樂書》。後乃衍爲《解紅兒慢》。豈有呂洞賓在唐，預知其腔，而填爲此曲乎？元俞琰又注《沁園春》。琰雖博學，亦惑於長生之說，而隨俗爾。琰子仲温序其父《陰符經》云：『先君七十而逝。』由此言之，琰之篤意養生，壽止於此。世有村夫，目不識《參同契》一字，而年踰百歲，又何必勞心於不可知之術哉？達人君子，可以意悟。

解紅

曲名有《解紅》者，今俗傳爲呂洞賓作，見《物外清音》，其名未曉。近閲和凝集，有《解紅歌》云：『百戲罷，五音清。《解紅》一曲新教成。兩個瑶池小仙子，此時奪却柘枝名。』《樂書》云：『優童《解紅》舞：衣紫緋繡襦、銀帶、花鳳冠。』蓋五代時人也。焉有吕洞賓在唐世預填此腔邪？

白玉蟾武昌懷古

白玉蟾《武昌懷古》詞云：『漢江北瀉，下長淮，洗盡胸中今古。樓櫓横波征雁遠，誰見魚龍夜舞。鸚鵡洲雲，鳳皇池月，付與沙頭鷺。功名何處，年年惟見春絮。　非不豪似周瑜，壯如黄祖，亦隨秋風度。野草閑花無限數，渺在西山南浦。黄鶴樓人，赤烏年事，江漢庭前路。浮萍無據，水天幾度朝暮。』此調雄壯，有意效坡仙乎？詞名《念奴嬌》，因坡公詞尾三字，遂名《酹江月》。又恰百字，又名《百字令》。玉蟾詞，他如『一葉飛何處，天地起西風。鱗鱗波上煙寒，水冷剪丹楓』，皆佳句。《詠燕子》有『秋千節後初相見，祓禊人歸有所思』，亦有思緻，不愧詞人云。

邱長春梨花詞

邱長春『詠梨花』《無俗念》云：『春遊浩蕩，是年年寒食，梨花時節。白錦無紋香爛熳，玉樹瓊苞堆雪。静夜沈沈，浮光靄靄，冷浸溶溶月。人間天上，爛銀霞照通徹。渾似姑射真人，天姿靈秀，意氣殊高潔。萬蕊參差，誰信道，不與羣芳同列。浩氣清英，仙材卓犖，下土難分别。瑶臺歸去，洞天方看清絶。』長春，世之所謂仙人也，而詞之清拔如此。予嘗問好事者曰：『神仙惜氣養真，何故讀書史作詩詞？』答曰：『天上無不識字神仙。』予因語吾黨曰：『天上無不識字神仙，世間甯有不讀書道學耶？今之講道者，束書不看，號曰忘言觀妙，豈不反爲異端所笑耶！』

鬼仙詞

『曉星明滅。白露點，秋風落葉。故址頽垣，冷烟衰草，前朝宫闕。長安道上行客，依舊名深利切。改變容顔，銷磨今古，隴頭殘月。』此《五代新説》載鬼仙詞也。非太白、長吉之流，豈能及此？

郝仙女廟詞

博陵縣有郝仙女廟。仙女，魏青龍中人。年及笄，姿色姝麗。採蘋水中，蒼烟白霧，俄失所在。其母哀求水濱，願言一見。良久，異香襲人，隱約於波渚間。曰：『兒以靈契，託跡綃宫，陰主是水府。世緣已斷，毋用悲悒。而今而後，使鄉社田疇歲宜。有感而通，乃爲吾驗。』後人立廟焉。後有題《喜遷鶯》詞於壁云：『汀洲蘋滿。記翠籠采采，相將鄰媛。蒼渚煙生，金支光爛，人在霧綃鮫館。小鬟頓成雲散。羅襪凌波，不見翠鸞遠。但清溪如鏡，野花留靨。 情睠。驚變現。身後神功，緣就吳蠶繭。漢女菱歌，湘妃瑶瑟，春動倚雲層殿。彤車載花一色，醉盡碧桃清宴。故山晚。嘆流年一笑，人間飛電。』

鵲橋仙三詞

《齊東野語》載鑾箕《鵲橋仙》詞『詠七夕』，以『八』『煞』爲韻。其詞曰：『鑾輿初駕，牛車齊發。聽隱隱、鵲橋伊軋。尤雲殢雨正懽濃，但只怕、來朝初八。 霞垂彩幔，月明銀蠟。更馥郁、香焚金鴨。年年此際一相逢，未審是、甚時結煞。』方秋崖《除夜小盡生日》詞曰：『今朝二十九，明朝初一。怎欠箇，秋崖生日。客中情緒老天知，道這月不消三十。 春盤縷翠，春缸摇碧。便泥做、梅花消息。雪邊試問是耶非，笑今夕不知何夕。』近時東莞方彦卿俊正月六日於俞君玉席上，擘糟蟹薦酒，壽其友人黄瑜，亦依此調。其詞云：『草頭八足，一團大腹。持螯笑向俞君玉。花燈預賞爲先生，生日是新正初六。　今宵過了，七人八穀。又七日，天官賜福。福如東海壽如山，願歲歲春盤盈緑。』瑜字廷美，香山人。其孫才伯佐，與予同官，嘗爲予誦之。

衲子填詞

唐宋衲子詩，儘有佳句，而填詞可傳者僅數首。其一，報恩和尚《漁家傲》云：『此事楞嚴嘗布露。梅花雪月交光處。一笑寥寥空萬古。風甌語，迥然銀漢横天宇。　蝶夢南華方栩栩。斑斑誰跨豐干虎？而今忘却來時路。江山暮，天涯目送飛鴻去。』其二，壽涯禪師《詠魚籃觀音》云：『深願宏慈無縫罅。乘時走入衆生界。窈窕丰姿都没賽。提魚賣，堪笑馬郎來納敗。　清冷露濕金襴壞。茜裙不把珠瓔蓋。特地掀來呈捏怪。牽人愛，還盡幾多菩薩債。』

菩薩蠻

『牡丹帶露真珠顆，佳人折向庭前過。含笑問檀郎，花强妾貌强？檀郎故相惱，只道花枝好。一向發嬌嗔，碎挼花打人。』

此詞無名氏，唐宣宗嘗稱之，蓋又在《花間》之先也。

徐昌圖

徐昌圖，唐人。『冬景』《木蘭花》一詞，縟麗可愛。今入《草堂》之選，然莫知其爲唐人也。

小重山

韋莊《小重山》前段，今本『羅衣濕』下，遺『新揾舊啼痕』五字。

牛嶠

牛嶠，蜀之成都人，爲孟蜀學士。其《酒泉子》云：『紫陌青門，三十六宫春色。御溝輦路暗相通，杏園風。咸陽沽酒寶釵空，笑指未央歸去。插花走馬落殘紅，月明中。』《楊柳枝》詞數首尤工，見《樂府詩集》。

日䑃

《南史》王晞詩：『日䑃當歸去，魚鳥見留連。』俗本改『䑃』爲『暮』，淺矣。孟蜀牛嶠詞：『日䑃天空波浪急』，正用晞語。

孫光憲

孫光憲，蜀之資州人。事荆南高氏，爲從事，有文學名。著《北夢瑣言》。其詞見《花間集》。『一庭疎雨濕春愁』，秀句也。

李珣

李珣，蜀之梓州人。事王宗衍。《浣溪沙》詞有『早爲不逢巫峽夜，那堪虛度錦江春』之句。詞名《瓊瑤集》。其妹事王衍，爲昭儀，亦有詞藻。有『鴛鴦瓦上忽然聲』詞一首，誤入《花蕊夫人集》。蓋一百一首本羨此首也。

毛文錫

毛文錫、鹿虔扆、歐陽炯、韓琮、閻選，皆蜀人。事孟後主，有『五鬼』之號。俱工小詞，並見《花間集》。此集久不傳。正德初，予得之於昭覺僧寺，乃孟氏宣華宮故址也。後傳刻於南方云。

潘祐

潘祐，南唐人。事後主，與徐鉉、湯悅、張泌，俱有文名。而祐好直諫。嘗應後主令作小詞，有『樓上春寒山四面。桃李不須誇爛熳。已失了東風一半』。蓋諷其地漸侵削也。可謂得諷諭之旨。

盧絳

盧絳，南唐人。夢一人歌《菩薩蠻》云：『玉京人去秋蕭索，畫簷鵲起梧桐落。欹枕悄無言，月和清夢圓。背燈惟暗泣，甚處砧聲急？眉黛小山攢，芭蕉生暮寒。』其名不著，詞頗清潤，特録之。

花深深

《草堂詞》『花深深』，按《玉林詞選》，乃李嬰之作。今以爲孫夫人，非也。

坊曲

唐制：妓女所居曰坊曲。《北里志》有南曲、北曲，如今之南院、北院也。宋陳敬叟詞：『窈窕青門紫曲。』周美成詞：『小曲幽坊月暗。』又『愔愔坊曲人家』。近刻《草堂詩餘》，改作『坊陌』，非也。謝皋羽《天地間集》載孟鯁《南京》詩云：『愔愔坊曲傍深春，活活河流過雨渾。花鳥幾時充貢賦，牛羊今日上丘原。猶傳柳七工詞翰，不見朱三有子孫。我亦前生粱楚士，獨持心事過夷門。』

簷花

杜詩『燈前細雨簷花落』，注謂簷下之花，恐非。蓋謂簷前雨映燈花如花爾。後人不知，或改作『簷前細雨燈花落』，則直致無味矣。宋人小詞多用『簷花』字。周美成云：『浮萍破處，簷花簷影顛倒。』又云：『簷花紅雨照方塘。』多不悉記。

十六字令

周美成《十六字令》云：『眠。月影穿窗白玉錢。無人弄，移過枕函邊。』詞簡思深，佳詞也。其《片玉集》中不載，見《天機餘錦》。

應天長

周美成『寒食』《應天長》詞：『條風布暖，霏霧弄晴，池塘徧滿春色。正是夜堂無月，沈沈暗寒食。』今本遺『條風』至『正是』二十字。

過秦樓

周美成《過秦樓》首句是『水浴清蟾』，今刻本誤作『凉浴』。

李冠詞

《草堂詩餘》『朦朧澹月雲來去』，齊人李冠之詞。今傳其詞，而隱其名矣。冠又有《六州歌頭》，道劉項事，慷慨悲壯，今亦不傳。

魚遊春水

尾句：『雲山萬重，寸心千里。』今刻誤作『雲山萬里』，以前段『鶯轉上林』，『林』字平聲例之可知。又注引李詩『雲山萬重隔』，爲『重』字無疑。

春霽秋霽

《草堂詞選》《春霽》、《秋霽》二首相連，皆胡浩然作也。格韻如一，尾句皆是『有誰知得』。而不知何等妄人，於《秋霽》下添入陳後主名。不知六朝焉有如此等慢調。况其中有『孤鶩』、『落霞』語，乃襲用王勃之《序》。陳後主豈能預知勃文而倒用之邪？

岸草平沙

《草堂》詞《柳梢青》『岸草平沙』一首，僧仲殊作也。今刻本往往失其名，故特著之。宋人小詞，僧徒惟二人最佳：覺範之作類山谷，仲殊之作似《花間》。祖可、如晦俱不及也。

周晋仙浪淘沙

周晉仙，名文璞，宋淳熙間人。其字曰晉仙者，因名璞，義取郭璞，故曰晉仙也。能詩詞，好奇怪。有《灌口二郎歌》，爲時所稱，以爲不減李賀。又《題鍾山》云：『往在秦淮問六朝，江頭只有女吹簫。昭陽太極無行路，幾歲鵝黄上柳條。』嘗云：《花間集》只有五字佳，『綠雨濕流光』，語意俱微妙。又有『題酒家壁』《浪淘沙》一詞云：『還了酒家錢，便好安眠。大槐宫裏着貂蟬。行到江南知是夢，雪壓漁船。磐薄古梅邊，也是前緣。鵝黄雪白又醒然。一事最奇君記取，明日新年。』其詞飄逸似方外塵表。又因字晉仙，相傳以爲仙也，誤矣。晉有徐仙民，唐有牛仙客、王仙芝，豈皆仙乎？甚矣，人之好奇而不察也。然觀此則世之所傳仙跡，不幾類是哉！

閑適之詞

宋傅公謀《水調歌頭》曰：『草草三間屋，愛竹旋添栽。碧紗窗户，眼前都是翠雲堆。一月山翁高卧，踏雪水村清冷，木落遠山開。惟有平安竹，留得伴寒梅。　喚家童，開門看，有誰來？客來一笑清話，煑茗更傳杯。有酒只愁無客，有客又愁無月，月下且徘徊。明日人間事，天自有安排。』黄玉林《酹江月》云：『吾廬何有，有一灣蓮蕩，數間茅宇。斷塹疎籬聊補葺，那得粉牆朱户。禾黍西風，雞豚曉日，活脱田家趣。客來茶罷，自挑野菜同煑。　多少甲第連雲，十眉環座，人醉黄金塢。回首邯鄲春夢破，零落珠歌翠舞。得似衰翁，蕭然陋巷，長作溪山主。紫芝可採，更尋巖谷深處。』又劉静修《風中柳》云：『我本漁樵，不是白駒過谷。對西山、悠然自足。北窗疎竹，南窗叢菊。愛村居、數間茅屋。　風煙草屨，滿意一川平緑。問前溪、今朝酒熟。幽泉歌曲，清泉琴筑。欲歸來、故人留宿。』並呂居仁『東里先生家何在』四詞，每獨行吟歌之，不惟有隱士出塵之想，兼如仙客御風之遊矣。昔人謂『詩情不似曲情多』，信然。

驪山詞

昔於臨潼驪山之温湯，見石刻元人一詞曰：『三郎年少客，風流夢、繡嶺蠱瑶環。漸浴酒發春，海棠睡暖；笑波生媚，荔子漿寒。況此際、曲江人不見，偃月事無端。羯鼓三聲，打開蜀道；《霓裳》一曲，舞破潼關。馬嵬西去路，愁來無會處，但淚滿關山。空有香囊遺恨，錦襪傳看。玉笛聲沈，樓頭月下；金釵信杳，天上人間。幾度秋風渭水，落葉長安。』再過之，石已磨爲别刻矣。

石次仲西湖詞

石次仲『西湖』《多麗》一曲云：『晚山青，一川雲樹冥冥。正參差、烟凝紫翠，斜陽畫出南屏。館娃歸、吴臺遊鹿，銅仙去、漢苑飛螢。懷古情多，憑高望極，且將樽酒慰漂零。自湖上愛梅仙遠，鶴夢幾時醒。空留在、六橋疎柳，孤嶼危亭。待蘇堤、歌聲散盡，更須攜妓西泠。藕花深、雨凉翡翠，菰浦軟、風弄蜻蜓。澄碧生秋，鬧紅駐景，采菱新唱最堪聽。一片水天無際，漁火兩三星。多情月，爲人留照，未過前汀。』次仲詞在宋未著名，而清奇宕麗如此。宋之填詞爲一代獨藝，亦猶晋之字、唐之詩，不必名家而皆奇也。然奇而不傳者何限，而傳者未必皆奇。如唐之胡曾，宋之杜默，識者知笑之，而不能靳其傳。蓋亦有幸不幸乎？

梅詞

吕聖求《東風第一枝》詞云：『老樹渾苔，横枝未葉，青春肯誤芳約。背陰未返冰魂，陽梢已含紅萼。佳人寒怯，誰驚起、曉來梳掠。是月斜窗外棲禽，霜冷竹間幽鶴。 雲澹澹、粉痕漸薄，風細細、凍香又落。叩門喜伴金樽，倚闌怕聽畫角。依稀夢裏，半面淺窺珠箔。甚時重寫鸞箋，去訪舊遊東閣。』古今梅詞，以坡仙『緑毛幺鳳』爲第一，此亦在魁選矣。

折紅梅

宋人《折紅梅》詞云：『喜輕澌初綻，微和漸入，郊原時節。春消息、夜來陡覺，紅梅數枝争發。玉溪珍館，不似個、尋常標格。化工別與，一種風情，似匀點胭脂，染成香雪。 重吟細閲。比繁杏夭桃，品流終别。可惜彩雲易散，冷落謝池風月。憑誰向説，三弄處、龍吟休咽。大家留取倚闌干，聞有花堪折，勸君須折。』此詞見《杜安世集》。《中吴記聞》又作吴應之，未知孰是。

洪覺範梅詞

洪覺范『詠梅』《點絳唇》詞云：『流水泠泠，斷橋斜路梅枝亞。雪花飛下，渾似江南畫。白璧青錢，欲買春無價。春歸也，風吹平野，一點香隨馬。』梅詞如此清俊，亦僅有者，惜未入《草堂》之選。

曹元寵梅詞

曹元寵《梅》詞：『竹外一枝斜，想佳人天寒日暮。』用東坡『竹外一枝斜更好』之句也。徽宗時禁蘇學，元寵又近幸之臣，而暗用蘇句，其所謂掩耳盜鈴者。噫！姦臣醜正惡直，徒爲勞爾。

李漢老

李漢老名邴，號雲龕居士。父昭玘，元祐名士，東坡門生。漢老才學，世其家者也。其《漢宮春·梅》詞入選最佳。曹元寵《梅》詞：『竹外一枝斜，想佳人天寒日暮。黄昏院落，無處著清香。風細細，雪融融，何況江頭路。』甚工，而結句落韻殊不强人意。曹蓋富於才而貧於學也。漢老《詠美人寫字》云：『雲情散亂未成篇，花骨欹斜終帶軟。』亦新美可喜。

蔣捷一剪梅

蔣捷《一剪梅》詞云：『一片春愁帶酒澆。江上舟搖，樓上簾招。秋娘容與泰娘嬌。風又飄飄，雨又瀟瀟。何日雲帆卸浦橋。銀字箏調，心字香燒。流光容易把人拋。紅了櫻桃，緑了芭蕉。』

心字香

詞家多用『心字香』，蔣捷詞云：『銀字筝調，心字香燒。』張于湖詞：『心字夜香清。』晏小山詞：『記得年時初見，兩重心字羅衣。』范石湖《驂鸞録》云：『番禺人作心字香，用素馨茉莉半開者，著净器中。以沉香薄劈，層層相間，密封之。日一易，不待花蔫。花過香成。』所謂心字香者，以香末縈篆成心字也。心字羅衣，則謂心字香熏之爾。或謂女人衣曲領如心字，又與此別。

招落梅魂

蔣捷有『效稼軒體招落梅魂』《水龍吟》一首云：『醉兮瓊瀣浮觴些，招兮遣巫陽些。君勿去此，颶風將起，天微黄些。野馬塵埃，污君楚楚，白霓裳些，駕空兮雲浪，茫洋東下，流君往他方些。月滿兮方塘些，叫雲兮笛凄凉些。歸來兮爲我，重倚蛟背，寒鱗蒼些。俯視春紅，浩然一笑，吐出香些。翠禽兮弄晚，招君未至，我心傷些。』其詞幽秀古豔，迥出纖冶穠華之外，可愛也。稼軒之詞曰《醉翁操》，并録於此：『長松。之風。如公。肯予從。山中。人心與吾兮誰同。湛湛千里之江，上有楓。噫！送子東。望君之門兮九重。女無悦己，誰適爲容。不龜手藥，或一朝兮取封。昔與遊兮皆童。我獨窮兮今翁。一魚兮一龍。勞心兮冲冲。噫！命與時逢。子取之食兮萬鍾。』小詞中《離騷》，僅見此二首也。

柳枝詞

唐人《柳枝詞》，劉禹錫、白樂天而下，凡數十首。予獨愛無名氏云：『萬里長江一帶開，岸邊楊柳是誰栽。錦帆落盡西風起，惆悵龍舟更不回。』此詞詠史、詠物，兩極其妙。首句見隋開汴通江。次句『是誰栽』三字作問詞，尤含蓄。不言煬帝，而譏弔之意在其中。末二句俯仰今古，悲感溢於言外。若情致，則『清江一曲柳千條，十五年前舊板橋。曾與情人橋上別，更無消息到今朝』。此詞小説以爲劉采春女周德華之作，又云劉禹錫，然劉集中不載也。柳詞當以二首爲冠。

竹枝詞

元楊廉夫《竹枝詞》，一時和者五十餘人，詩百十餘首。予獨愛徐延徽一首云：『盡説盧家好莫愁，不知天上有牽牛。賸拋萬斛燕脂水，瀉向銀河一色秋。』

蓮詞第一

歐陽公『詠蓮花』《漁家傲》云：『葉重如將青玉亞，花輕疑是紅綃掛。顏色清新香脱灑。堪長價，牡丹怎得稱王者。雨筆露牋吟彩畫，日鑪風炭熏蘭麝。天與多情絲一把。誰厮惹，千日條萬縷縈心下。』又云：『楚國纖腰元自瘦，文君膩臉誰描就。日夜鼓聲催箭漏。昏復晝，紅顏豈得長如舊。醉折嫩房紅蕊嗅，天絲不斷清香透。卻倚小闌凝望久。風滿袖，西池月上人歸後。』前首工緻，後首情思兩極，古今蓮詞第一也。

卷三

蘇易簡

蘇易簡，梓州人，宋太宗朝狀元。所著有文集及《文房四譜》行於世。宋世蜀之大魁，自蘇始。其後閬州三人，簡州四人，夔州一人，終宋三百年，得十六人，而陳氏、許氏皆兄弟，可謂盛矣。蘇之詞，惟《越江吟》應制一首，見予所選《百琲明珠》。

韓范二公詞

韓魏公《點絳唇》詞云：『病起懨懨，對庭前花樹添憔悴。亂紅飄砌，滴盡真珠淚。　惆悵前春，誰向花前醉。愁無際。武陵凝睇，人遠波空翠。』范文正公《御街行》云：『紛紛墜葉飄香砌。夜寂靜，寒聲碎。珍珠簾捲玉樓空，天澹銀河垂地。年年今夜，月華如練，長是人千里。愁腸已斷無由醉。酒未到，先成淚。殘燈明滅枕頭欹，諳盡孤眠滋味。都來此事，眉間心上，無計相迴避。』二公一時勳德重望，而詞亦情致如此。大抵人自情中生，焉能無情，但不過甚而已。宋儒云：『禪家有爲絕欲之説者，欲之所以益熾也。道家有爲忘情之説者，情之所以益蕩也。聖賢但云寡欲養心，約情合中而已。』予友朱良矩嘗云：『天之風月，地之花柳，與人之歌舞，無此不成三才。』雖戲語，亦有理也。

滿江紅

范文正公謫睦州，過嚴陵釣臺。會吴俗歲祀，里巫迎神，但歌《滿江紅》，有『湘江好，洲漠漠。波似染，山如削。繞嚴陵灘畔，鷺飛魚躍』之句。公云：『吾不善音律。』撰一絕送神曰：『漢包六合網英豪，一箇冥鴻惜羽毛。世祖功臣三十六，雲臺争似釣臺

高。』吴俗至今歌之。《湘山野録》

温公詞

世傳司馬温公有席上所賦《西江月》詞云：『寶髻鬆鬆綰就，鉛華澹澹妝成。紅顔翠霧罩輕盈，飛絮遊絲無定。相見争如不見，有情還似無情。笙歌散後酒微醒，深院月明人静。』仁和姜明叔云：『此詞决非温公作。宣和間，恥温公獨爲君子，作此誣之，不待識者而後能辨也。』

夏英公詞

姚子敬嘗手選《古今樂府》一帙，以夏英公竦《喜遷鶯·宫詞》爲冠。其詞云：『霞散綺，月沉鈎。簾捲未央樓。夜凉河漢接天流。宫闕鎖清秋。瑶堦樹，金莖露。玉輦香和雲霧。三千珠翠擁宸遊。水殿按《凉州》。』富艷精工，誠爲絶唱。

林和靖

林君復『惜別』《長相思》詞云：『吳山青，越山青。兩岸青山相送迎。誰知離別情。　君淚盈，妾淚盈。羅帶同心結未成。江頭潮已平。』甚有情致。《宋史》謂其不娶，非也。林洪著《山家清供》，其中言先人和靖先生云云，即先生之子也。蓋喪偶後，遂不娶爾。

康伯可詞

康伯可『西湖』《長相思》詞云：『南高峯，北高峯。一片湖光煙靄中。春來愁殺儂。　郎意濃，妾意濃。油壁車輕郎馬驄。相逢九里松。』蓋效和靖『吳山青』之調也。二詞可謂敵手。

東坡賀新郎詞

東坡《賀新郎》詞『乳燕飛華屋』云云，後段『石榴半吐紅巾甓』以下，皆詠榴。《卜算子》『缺月挂疎桐』云云，『縹緲孤鴻影』以下，皆説鴻。別一格也。

東坡詠吹笛

嶺南太守閭邱公顯致仕，居姑蘇，東坡每過必留連。坡嘗言，過姑蘇不遊虎邱，不謁閭邱，乃二欠事。其重之如此。一日，出其後房佐酒，有懿卿者，善吹笛，坡作《水龍吟》贈之，『楚山修竹如雲』是也。詞見《草堂詩餘》，而不知其事，故著之。

密雲龍

密雲龍，茶名，極爲甘馨。宋廖正一，字明略，晚登蘇東坡之門，公大奇之。時黄、秦、晁、張號『蘇門四學士』，東坡待之厚，每來必令侍妾朝雲取密雲龍，家人以此知之。一日，又命取密雲龍，家人謂是四學士，窺之，乃廖明略也。東坡『詠茶』《行香子》

云：『綺席才終，懽意猶濃。酒闌時、高興無窮。共捧君賜，初拆臣封。看分月餅，黄金縷，密雲龍。鬬贏一水，功敵千鍾。覺涼生、兩腋清風。暫留紅袖，少卻紗籠。放笙歌散，庭館静，略從容。』

瑞鷓鴣

苕溪漁隱曰：『唐初歌詞，多是五言詩，或七言詩，初無長短句。中葉以後至五代，漸變成長短句，及本朝則盡爲此體。今所存者，止《瑞鷓鴣》、《小秦王》二闋，是七言八句詩，並七言絶句詩而已。《瑞鷓鴣》猶依字易歌，若《小秦王》必須雜以虚聲，乃可歌爾。』其詞云：『碧山影裏小紅旗，儂是江南踏浪兒。拍手又嘲山簡醉，齊聲争唱浪婆詞。西興渡口帆初落，漁浦山頭日未欹。儂送潮回歌底曲，樽前還唱使君詩。』此《瑞鷓鴣》也。『濟南春好雪初晴，行到龍山馬足輕。使君莫忘霅溪女，時作陽關腸斷聲。』此《小秦王》也，皆東坡所作。

陳季常

苕溪漁隱曰：『東坡云：龍邱子自洛之蜀，載二侍女，戎裝駿馬，至溪山佳處，輒留數日，見者以爲異人。後十年，築室黄岡之北，號静庵居士。作《臨江仙》贈之云：「細馬遠馱雙侍女，青巾玉帶紅靴。溪山好處便爲家。誰知巴峽路，却見洛城花。　面旋落英飛玉蕊，人間春日初斜。十年不見紫雲車。龍邱新洞府，鉛鼎養丹砂。」』龍邱子即陳季常也。秦太虛寄之以詩，亦云：『侍童雙擢玉，鬒髮光可照。駿馬錦障泥，相隨窮海嶠。暮年更折節，學佛得心要。鬻馬放阿樊，幅巾對沉燎。』故東坡作詩戲之，有『忽聞河東獅子吼，拄杖落手心茫然』之句。觀此，則知季常載侍女以遠遊，及暮年甘於枯寂，蓋有所制而然，亦可憫笑也哉。

六客詞

東坡云：『吾昔自杭移高密，與楊元素同舟，而陳令舉、張子野皆從予過李公擇于湖，遂與劉孝叔俱至松江。夜半月出，置酒垂虹亭上。子野年八十五，以歌詞聞于天下，作《定風波令》。其略云：「見説賢人聚吴分。試問。也應傍有老人星。」坐客懽甚，有醉倒者，此樂未嘗忘也。今七年爾，子野、孝叔、令舉，皆爲異物。而松江橋亭，今歲七月九日，海風駕潮，平地丈餘，蕩盡無復孑遺矣。追思曩時，真一夢爾。』苕溪漁隱曰：『吴興郡圃，今有六客亭，即公擇、子瞻、元素、子野、令舉、孝叔，時公擇守吴興也。』東坡又云：余昔與張子野、劉孝叔、李公擇、陳令舉、楊元素會於吴興，時子野作《六客詞》，其卒章：『盡道賢人聚吴分。試問。也應傍有老人星。』凡十五年，再過吴興，而五人皆已亡矣。時張仲謀與曹子方、劉景文、蘇伯固、張秉道爲坐客。仲謀請作《後六客詞》。云：『月滿苕溪照野堂，五星一老鬬光芒。十五年間真夢裏。何事？長庚對月獨凄凉。　緑髩蒼顔同一醉。還是：六人吟笑水雲鄉。賓主談鋒誰得似？看取：曹劉今對兩蘇張。』

東坡中秋詞

《古今詞話》云：『東坡在黄州，中秋夜，對月獨酌，作《西江月》詞云：「世事一場大夢，人生幾度新凉。夜來風葉已鳴廊，看取眉間髩上。　酒賤常愁客少，月明多被雲妨。中秋誰與共孤光，把盞悽然北望。」坡以讒言謫居黄州，鬱鬱不得志，凡賦詩綴詞，必寫其所懷。然一日不負朝廷，其懷君之心，末句可見矣。』苕溪漁隱曰：『《聚蘭集》載此詞，注云「寄子由」。故後句云：「中秋誰與共孤光，把酒悽然北望。」則兄弟之情見于句意之間矣。疑是倅錢塘時作。子由時爲濉陽幕客。』若《詞話》所云，則非也。

晁次膺中秋詞

苕溪漁隱曰：『中秋詞自東坡《水調歌頭》一出，餘詞盡廢。然其後亦豈無佳詞，如晁次膺《綠頭鴨》一詞，殊清婉。但樽俎間歌喉，以其篇長憚唱，故湮没無聞焉。其詞云：「晚雲收，淡天一片琉璃。爛銀盤來從海底，皓色千里澄暉。瑩無塵、素娥淡佇，净可數、丹桂参差。玉露初零，金風未凜，一年無似此佳時。露坐久、疎螢時度，烏鵲正南飛。瑶臺冷，欄干凭煖，欲下遲遲。念佳人，音塵隔後，對此應解相思。最關情、漏聲正永，暗斷腸、花影潛移。料得來宵，清光未減，陰晴天氣又争知。共凝戀，如今别後，還是隔年期。人縱健，清樽素月，長願相隨。」』

蘇養直

蘇養直名伯固，與東坡爲同族，坡集中有《送伯固兄》詩是也。詩有《清江曲》『屬玉雙飛水滿塘』，當時盛傳。詞亦佳，『醉眠小塢黄茅店，夢倚高城赤葉樓』，《鷓鴣天》之佳句也。

蘇叔黨詞

叔黨名過，東坡少子。《草堂》詞所載《點絳脣》二首，『高柳蟬嘶』及『新月娟娟』，皆叔黨作也。是時方禁坡文，故隱其名。相傳之久，遂或以爲汪彦章，非也。

程正伯

程正伯，號書舟，眉山人，東坡之中表也。其《酷相思》詞云：『月掛霜林寒欲墜。正門外，催人起。奈別離、如今真個是。欲住也，無留計。欲去也，來無計。馬上離情衣上淚，各自供憔悴。問江路梅花開也未。春到也，須頻寄。人到也，須頻寄。』其《四代好》、《折紅英》，皆佳，見本集。

李邦直

李邦直與東坡同時人，小詞有：『楊花落。燕子橫穿朱閣。苦恨春醪如水薄。閑愁無處着。綠野帶紅山落角。桃杏參差殘萼。歷歷危檣沙外泊。東風晚來惡。』爲坡所稱。

柳詞爲東坡所賞

東坡云：『人皆言柳耆卿詞俗，如「霜風淒緊，關河冷落，殘照當樓」，唐人佳處不過如此。』按其全篇云：『對瀟瀟暮雨灑江天，一番洗清秋。漸霜風淒緊，關河冷落，殘照當樓。是處紅衰綠減，冉冉物華休。惟有長江水，無語東流。不忍登高臨遠，望故鄉渺渺，歸思悠悠。歎年來蹤跡，何事苦淹留。想佳人、粧樓凝望，誤幾回、天際識歸舟。争知我、倚闌干處，正恁凝眸。』蓋《八聲甘州》也。《草堂詩餘》不選此，而選其如『願奶奶蘭心蕙性』之鄙俗，及『以文會友』、『寡信輕諾』之酸文，不知何見也。

木蘭花慢

《木蘭花慢》，柳耆卿『清明詞』，得音調之正。蓋『傾城』、『盈盈』、『懽情』，於第二字中有韻。近見吴彦高《中秋》詞，亦不失此體，餘人皆不能。然元遺山集中凡九首，内五首兩處用韻，亦未爲全知者。今載二詞於後。柳詞云：『拆桐花爛熳，乍疎雨，洗清明。正豔杏燒林，緗桃繡野，芳景如屏。傾城。盡尋勝去，驟雕鞍、紺幰出郊坰。風暖繁絃脆管，萬家齊奏新聲。盈盈。鬭草踏青。人豔冶，遞逢迎。向路傍，往往遺簪墮珥，珠翠縱横。懽情。對佳麗地，任金罍罄竭玉山傾。拚卻明朝永日，畫堂一枕春酲。』吴詞云：『敞千門萬户，瞰蒼海，爛銀盤。對沆瀣樓高，儲胥雁過，墜露生寒。闌干。眺河漢外，送浮雲、盡出衆星乾。丹桂霓裳縹緲，似聞雜珮珊珊。長安。底處高城，人不見，路漫漫。歎舊日心情，如今容鬢，瘦沈愁潘。幽懽。縱容易得，數佳期，動是隔年看。歸去江湖一葉，浩然對景垂竿。』然吴詞後段起句又異常體，柳爲正。

潘逍遥

潘閬，字逍遥，其人狂逸不檢，而詩句往往有出塵之語。詞曲亦佳，有『憶西湖』《虞美人》一闋云：『長憶西湖湖水上。盡日凭欄樓上望。三三兩兩釣魚舟。島嶼正清秋。笛聲依約蘆花裏。白鳥成行忽飛起。别來閑想整綸竿。思入水雲寒。』此詞一時盛傳。東坡公愛之，書於玉堂屏風。案此乃酒泉子，楊慎誤此爲虞美人。

斜陽暮

秦少游《踏莎行》『杜鵑聲裏斜陽暮』，極爲東坡所賞。而後人病其『斜陽暮』，似重複，非也。見斜陽而知日暮，非複也。猶韋應物詩『須臾風暖朝日暾』，既曰『朝日』，又曰『暾』，當亦爲宋人所譏矣。此非知詩者。古詩『明月皎夜光』，『明』，『皎』，『光』，非複乎？李商隱詩：『日向花間留返照。』皆然。又唐詩『青山萬里一孤舟』，又『滄溟千萬里，日夜一孤舟』，宋人亦言『一孤舟』爲複，而唐人累用之，不以爲複也。

秦少游贈樓東玉

秦少游《水龍吟》贈營妓樓東玉者，其中『小樓連苑』及換頭『玉佩丁東』，隱『樓東玉』三字。又贈陶心兒『一鈎殘月帶三星』，亦隱『心』字。山谷贈妓詞『你共人女邊著子，争知我門裏添心』，亦隱『好悶』二字云。

鶯花亭

秦少游謫處州日，作《千秋歲》詞，有『花影亂，鶯聲碎』之句，後人慕之，建鶯花亭。陸放翁有詩云：『沙上春風柳十圍，緑陰依舊語黃鸝。故應留與行人恨，不見秦郎半醉時。』

少游嶺南詞

少游謫藤州，一日醉野人家。有詞云：『唤起一聲人悄，衾冷夢寒窗曉。瘴雨過，海棠開，春色又添多少。社甕釀成微笑，半缺椰瓢共舀。覺傾倒，急投牀，醉鄉廣大人間小。』此詞本集不收，見於地志。而修《一統志》者不識『舀』字，妄改，可笑，聊著之。

滿庭芳

秦少游《滿庭芳》『晚色雲開』，今本誤作『晚兔雲開』，不通。維揚張綖刻《詩餘圖譜》，以意改『兔』作『見』，亦非。按《花庵詞選》作『晚色雲開』，當從之。

明珠濺雨

秦淮海《望海潮》詞云：『紋錦製帆，明珠濺雨，寧論爵馬魚龍。』按《隋遺録》，煬帝命宫女灑明珠于龍舟上，以擬雨雹之聲，此詞所謂『明珠濺雨』也。

秦少游《滿庭芳》『山抹微雲，天粘衰草』，今本改『粘』作『連』，非也。韓文『洞庭汗漫，粘天無壁』。張祜詩『草色粘天鶗鴂恨』。山谷詩『遠水粘天呑釣舟』。邵博詩『老灘聲殷地，平浪勢粘天』。趙文昇詞『玉關芳草粘天碧』。嚴次山詞『粘雲江影傷千古』。葉夢得詞『浪粘天、蒲桃漲緑』。劉行簡詞『山翠欲粘天』。劉叔安詞『暮煙細草粘天遠』。『粘』字極工，且有出處。又見《避暑録話》可證。若作『連天』，是小兒之語也。

山抹微雲女壻

范元實，范祖禹之子，秦少游壻也。學詩於山谷，作《詩眼》一書。爲人凝重，嘗在歌舞之席，終日不言。妓有問之曰：『公亦解詞曲否?』笑答曰：『吾乃「山抹微雲」女壻也。』可見當時盛唱此詞，《草堂詩餘》亦有范元實詞。

晴鴿試鈴

張子野《滿江紅》『晴鴿試鈴風力軟，雛鶯弄舌春寒薄』，清新自來無人道。

初寮詞

王初寮中，字安中，名履道，初爲東坡門下士，詩文頗得膏腴。其詞有『椽燭垂珠清漏長，遲留春筍緩催觴』之句。又：『天與麟符行樂分。綬帶輕裘，雅宴催雲鬢。翠霧縈紆銷篆印，筝聲恰度秋鴻陣。』爲時所稱。其後附蔡京，遂叛東坡，其人不足道也。

王元澤

王雱，字元澤，半山之子。或議其不能作小詞，乃援筆作《倦尋芳》詞一首，《草堂》詞所載『露晞向曉』是也。自此絕不作。

宋子京

宋子京小詞，有『春睡騰騰，困入嬌波慢。隱隱枕痕留一線，膩雲斜溜釵頭燕』。分明寫出春睡美人也。

韓子蒼

韓駒，字子蒼，蜀之仙井人，今井研縣也。其『中秋』《念奴嬌》『海天向晚』一首亞於東坡之作，《草堂》已選。『雪』詞《昭君怨》云：『昨日樵村漁浦，今日瓊川銀渚。山色捲簾看，老峯巒。錦帳美人貪睡，不覺天花剪水。驚問是楊花，是蘆花？』

俞秀老弄水亭詞

俞紫芝秀老，弟澹清老，名字見王介甫、黄魯直集中。詩詞傳世雖少，亦間見《文鑑》等篇。《葉石林詩話》誤以爲揚州人。魯直答清老寒夜三詩，其一引牧羊金華山黄初平事言之，蓋黄上世亦出金華也。近覽《清溪圖》，有秀老手題《臨江仙》詞一闋，後書俞紫芝。此詞世少知之，録於後：『弄水亭前千萬景，登臨不忍空迴。水輕墨澹寫蓬萊。莫教世眼，容易洗塵埃。收去雨昏都不見，展時還似雲開。先生高趣更多才。人人盡道，小杜却重來。』

孫巨源

孫洙字巨源，嘗注杜詩，注中『洙曰』是也。元豐間，爲翰林學士，與李端愿太尉往來尤數。會一日鎖院，宣召者至其家，則出。十餘輩蹤跡得之於李氏。時李新納妾，能琵琶，公飲不肯去，而迫於宣命。入院幾二鼓矣，草三制罷，作此詞。遲明遣示李。其詞云：『樓頭尚有三通鼓，何須抵死催人去。上馬苦匆匆，琵琶曲未終。回頭凝望處，那更廉纖雨。漫道玉爲堂，玉堂今夜長。』或傳以爲孫覿，非也。

陳后山

陳后山爲人極清苦，詩文皆高古，而詞特纖豔。如《一落索》換頭云：『一顧教人微俏，那堪親見。不辭紫袖拂清塵，也要識春風面。』又有《席上贈妓》詞云：『不愁歌裏斷人腸，只怕有腸無處斷。』所謂彼亦直寄焉，以爲不知己者詬厲也。

雙魚洗

張仲宗《夜游宫》詞云：『半吐寒梅未折。雙魚洗、冰澌初結。户外明簾風任揭。擁紅鑪，灑窗間，惟稷雪。　此日去年時節。這心事有人歡悦。斗帳重熏鴛被疊。酒微醺，管燈花，今夜別。』雙魚洗，盥手之器，見《博古圖》。稷雪，霰也，形如米粒，能穿瓦透窗，見《毛詩疏》。

石州慢

張仲宗《石州慢》：『寒水依痕，春意漸回，沙際煙闊。』爲一句。今刻本於『沙際』之下截爲一句，非也。下文『煙闊溪柳』，成何語乎？

張仲宗詞用唐詩語

張仲宗，號蘆川，填詞最工。其《踏莎行》云：『芳草平沙，斜陽遠樹。無情桃葉江頭渡。醉來扶上木蘭舟，將愁不去將人去。薄劣東風，夭斜落絮。明朝重覓吹笙路。碧雲香雨小樓空，春光已到銷魂處。』唐李端詩：『江上晴樓翠靄間。滿闌春水滿窗山。青楓緑草將愁去，遠入吴雲暝不還。』此詞『將愁不去將人去』一句，反用之。『夭斜』，白樂天詩：『錢塘蘇小小，人道最夭斜。』自注：『夭』音『歪』。若不知其出處，不見其工。詞雖一小技，然非胸中有萬卷，下筆無一塵，亦不能臻其妙也。案此詞乃張翥作，見《蜕崖詞》。楊氏誤。

張仲宗送胡澹庵詞

張仲宗『送胡澹庵赴貶所』《賀新郎》一闋云：『夢繞神州路。恨西風，連營畫角，故宫禾黍。底事崐崙傾砥柱，九地黄流亂注。聚萬落千村狐兔。天意從來高難問，况人情易老悲難訴。更南浦，送君去。凉生岸柳催殘暑。耿斜河、疎星澹月，淡雲微度。萬里江山知何處。回首對牀夜雨。鴈不到，書成誰與。目盡青天懷今古，肯兒曹恩怨相爾汝？舉太白，聽《金縷》。』秦檜知之，亦與作詩王庭珪同貶責。此詞雖不工，亦當傳，况工緻悲憤如此，宜表出之。

張仲宗

張仲宗，三山人，以送胡澹庵及寄李綱詞得罪，忠義流也。其詞最工，《草堂詩餘》選其『春水連天』及『卷珠箔』二首，膾炙人口。他如『簾旌翠波颯，窗影殘紅一線』及『溪邊雪靄藏雲樹，小艇風斜沙嘴路』，皆秀句也。詞中多以『否』呼爲『府』，與『主』、『舞』字同押，蓋閩音也。如林外以『鎖』爲『掃』，俞克成以『我』爲『襖』，與『好』同押，皆鴂舌之音，可删，不可取也。曹元寵亦以『否』呼爲『府』。

林外

林外字豈塵，有《洞仙歌》，書于垂虹橋。作道裝，不告姓名，飲醉而去。人疑爲吕洞賓，傳入宫中。孝宗笑曰：『雲屋洞天無鎖。』『鎖』與『老』叶韻，則『鎖』音『掃』，乃閩音也。偵問之，果閩人林外也。此詞亦不工，不當入選。

韓世忠詞

韓世忠以元樞就第，絶口不言兵。杜門謝卻酬酢，時乘小騾，放浪西湖泉石間。一日至香林園，蘇仲虎尚書方宴客，王徑造之。賓主懽甚，盡醉而歸。明日，王餉以羊羔，且手書二詞以遺之。《臨江仙》云：『冬日青山瀟灑静，春來山暖花濃。少年衰老與花同。世間名利客，富貴與貧窮。榮華不是長生藥，清閑不是死門風。勸君識取主人翁。單方只一味，盡在不言中。』《南鄉子》云：『人有幾多般，富貴榮華總是閑。自古英雄都是夢，爲官。寶玉妻兒宿業纏。年事已衰殘，鬢髩蒼蒼骨髓乾。不道山林多好處，貪懽。只恐癡迷誤了賢。』王生長兵間，未嘗知書，晚歲忽若有悟，能作字及小詞，皆有意趣。信乎非常之才也。

卷四

趙元鎮

趙鼎，字元鎮，宋中興名相。小詞婉媚，不減《花間》、《蘭畹》。『慘結秋陰』一首，世皆傳誦之矣。《點絳唇》一首云：『香冷金猊，夢回鴛帳餘香嫩。更無人問，一枕江南恨。　消瘦休文，頓覺春衫褪。清明近，杏花吹盡，薄暮寒成陣。』

賀方回

賀方回《浣溪沙》云：『鶩外紅銷一縷霞，淡黄楊柳帶棲鴉。玉人和月折梅花。　笑撚粉香歸繡户，半垂羅幙護窗紗。東風寒似夜來些。』此詞句句綺麗，字字清新，當時賞之，以爲《花間》、《蘭畹》不及，信然。近見《玉林詞選》，首句二字作『樓角』，非也。『樓角』與『鷺外』相去何啻天壤！

孫浩然

『一帶江山如畫。風物向秋瀟灑。水浸碧天何處斷，霽色冷光相射。蓼嶼荻花洲，掩映竹籬茅舍。　雲際客帆高掛。煙外酒旗底亞。多少六朝興廢事，盡入漁樵閑話。　悵望倚層樓，寒日無言西下。』此孫浩然《離亭宴》詞也，悲壯可傳。

查荎透碧霄

『艤蘭舟。十分端是載離愁。練波送遠，屏山遮斷，此去難留。相從争奈，心期久要，屢變霜秋。歎人生、杳似萍浮。又飜成輕別，都將深恨，付與東流。　想斜陽影裏，寒煙明處，雙槳去悠悠。愛渚梅幽香動，須採掇，倩纖柔。豔歌粲發，誰傳餘韻，來説仙遊。念故人，留此遐州。但春風老去，秋月圓時，獨倚江樓。』

此查荎《透碧霄》詞也，所謂一不爲少。

陳子高

陳子高，名克，天台人。有《赤城詞》一卷，甚工緻流麗。《草堂》詞『愁脉脉』一篇，子高詞也，今刻失其名。

陳去非

陳去非，蜀之青神人，陳季常之孫也，徙居河南。宋南渡後，又居建業。詩爲高宗所眷注，而詞亦佳。語意超絶，筆力排奡，識者謂其可摩坡仙之壘，非溢美云。《草堂》詞惟載『憶昔午橋』一首。其『閩中』《漁家傲》云：『今日山頭雲欲舉，青蛟翠鳳移時舞。行到石橋聞細雨。聽還住，風吹卻過溪西去。我欲尋詩寬久旅，桃花落盡春無數。渺渺籃輿穿翠楚。悠然處，高林忽送黄鸝語。』又《虞美人》云：『吟詩日日待春風，及至桃花開後卻匆匆。』又《點絳唇》云：『愁無那。短歌誰和？風動梨花朵。』又《南柯子》云：『闌干三面看晴空。背插浮圖，千尺冷煙中。』皆絶似坡仙語。

陳去非桂花詞

苕溪漁隱曰：木犀，閩中最多，路傍往往有參天合抱者，土人以其多而不貴之。漕宇門前兩徑，自有一二百株，至秋花盛開，籃輿行清香中，殊可愛也。古人賦詠，惟東坡倅錢塘，《八月十七日天竺送桂花分贈元素》詩云：『月缺霜濃細蕊乾，此花元屬桂堂仙。鷲峯子落驚前夜，蟾窟枝空記昔年。破衲山僧憐耿介，練裙溪女鬬清妍。願公採擷紉幽佩，莫遣孤芳老澗邊。』陳去非有詞云：『黃衫相倚，翠葆層層底。八月江南風日美，弄影山腰水尾。 楚人未識孤妍，《離騷》遺恨千年。無住庵中新夢，一枝喚起幽禪。』万俟雅言有詞云：『芳菲葉底，誰會秋工意。深緑護輕黃，怕青女、霜侵憔悴。開分早晚，都占九秋天。花四出，香七里。獨步珠宮裏。　佳名巖桂，却因是遺子。不自月中來，又那得蕭蕭風味。《霓裳》舊曲，休問廣寒人。飛太白，酹仙蕊。香外無香比。』《文昌雜録》云：『京師貴家，多以酴醾漬酒，獨有芬香而已。近年方以榠楂花懸酒中，不惟馥郁可愛，又能使酒味辛冽。始于戚里，外人蓋所未知也。』

葉少藴

葉少藴，名夢得，號石林居士。妙齡秀發，有文章盛名。《石林詞》一卷傳于世。《賀新郎》『睡起流鶯語』，《虞美人》『落花已作風前舞』，皆其詞之入妙者也。『中秋宴客』《念奴嬌》末句云：『廣寒宮殿，爲余聊借瓊林。』英英獨照者。

曾空青

曾紆，字公袞，號空青先生，子宣之子。《清樾軒》一詩名世，詞亦佳。其《臨江仙》云：『後院短牆臨緑水，春風急管繁絃。問誰親按小嬋娟。玉堂天上客，琳館地行仙。安得此身長是健，徘徊夜飲朝眠。江南刺史漫垂涎。安排腸已斷，何况到樽前。』又《菩薩蠻》：『山光冷浸清江底，江光只到柴門裏。卧對白蘋洲，欹眠數釣舟。』亦佳。惜全篇未稱。

曾純甫

曾覿，字純甫，號海野。東都故老，見汴都之盛，故詞多感慨，《金人捧露盤》是也。《採桑子》云：『花裏遊蜂，宿粉棲香錦繡中。』爲當時傳歌。

張材甫

張材甫，名掄，南渡故老。詞多應制。《元夕》『雙闕中天』一首，繁華感慨，已入選矣。『詠瑞香花』《西江月》：『剪就碧雲團葉，刻成紫玉芳心。淺春不怕嫩寒侵，暖徹薰籠瑞錦。花裏清芬獨步，樽前勝韻難禁。飛香直到玉盃深，消得厭厭夜飲。』又《柳梢青》前段云：『柳色初匀，輕寒如水，纖雨如塵。一陣東風，縠紋微皺，碧沼鱗鱗。』亦佳。足稱詞人。

曾覿張掄進詞

曾覿進詞賦，遂進《阮郎歸》云：『柳陰庭院占風光。呢喃春晝長。碧波新漲小池塘。雙雙蹴水忙。萍散漫，絮飛揚。輕盈體態狂。爲憐流水落花香。銜將歸畫梁。』既登舟，知閣張掄進《柳梢青》云：『柳色初濃，餘寒似水，纖雨如塵。一陣東風，縠紋微皺，碧沼鱗鱗。仙娥花月精神。奏鳳管、鸞絃鬬新。萬歲聲中，九霞杯內，長醉芳春。』曾覲和進云：『桃靨紅勻，梨腮粉薄，鴛徑無塵。鳳閣凌虛，龍池澄碧，芳意鱗鱗。清時酒聖花神。看內苑、風光又新。一部仙韶，九重鸞仗，天上長春。』

雪詞

『紫皇高宴僊臺，雙成戲擊瓊苞碎。何人爲把，銀河水剪，甲兵都洗。玉樣乾坤，八荒同色，了無塵翳。喜冰消太液，煖融鳷鵲。端門曉，班初退。聖主憂民深意。轉鴻鈞、滿天和氣。太平有象，三宮二聖，萬年千歲。雙玉盃深，五雲樓迥，不妨頻醉。看來不是飛花，片片是、豐年瑞。』太上大喜，賜鍍金酒器三百兩。

月詞

曾覿《壺中天》詞云：『素飆漾碧，看天衢穩送，一輪明月。

翠水瀛壺人不到，比似世間秋別。玉手瑤笙，一時同色，小按霓裳疊。天津橋上，有人偷記新闋。當日誰幻銀橋，阿瞞兒戲，一笑成癡絕。肯信羣仙高宴處，移下水晶宮闕。雲海塵清，山河影滿，桂冷吹香雪。何勞玉斧，金甌千古無缺。』上皇大喜，曰：『從來月詞，不曾用「金甌」事，可謂新奇。』賜金束帶、紫番羅、水晶盌。上亦賜寶醆。至一更五點還宮。是夜，西興亦聞天樂焉。

潮詞

江潮亦天下所獨，宣諭侍官，各賦《酹江月》一曲，至晚呈上，以吴琚爲第一。其詞曰：『玉虹遥挂，望青山隱隱，恍如一抹。忽覺天風吹海立，好似春霆初發。白馬凌空，瓊鰲駕水，日夜朝天闕。飛龍舞鳳，鬱葱環拱吴越。此景天下應無，東南形勝，偉觀真奇絶。好是吴兒飛彩幟，蹴起一江秋雪。黄屋天臨，水犀雲擁，看擊中流楫。晚來波静，海門飛上明月。』兩宮賞賜無限，至月上始還。

朱希真

朱希真，名敦儒，博物洽聞，東都名士也。天資曠遠，有神仙風緻。其《西江月》二首，詞淺意深，可以警世之役役于非望之福者。《草堂》入選矣。其《相見歡》云：『東風吹盡江梅。橘花開。舊日吴王宮殿長青苔。　今古事，英雄淚，老相催。常恨夕陽西下晚潮回。』《鷓鴣天》云：『檢盡曆頭冬又殘。愛他風雪耐他寒。拖條竹杖家家酒，上箇籃輿處處山。　添老大，轉癡頑。謝天教我老年閑。道人還了鴛鴦債，紙帳梅花醉夢間。』其《水龍吟》末云：『奇謀報國，可憐無用，塵昏白羽。鐵鎖横江，錦帆衝浪，孫郎良苦。』亦可知其爲人矣。

李似之

李似之，名彌遜，仙井監人，自號筠翁，宋南渡名士。不附秦檜，坐貶。有『別友』《菩薩蠻》一首云：『江城烽火連三月，不堪對酒長亭別。休作斷腸聲，老來無淚傾。風高帆影疾，目送舟痕碧。錦字幾時來，熏風無雁回。』

張安國

張孝祥，字安國，蜀之簡州人，四狀元之一也。後卜居歷陽。平昔爲詞，未嘗著稿，筆酣興健，頃刻即成，無一字無來處。如《歌頭》、《凱歌》諸曲，駿發蹈厲，寓以詩人句法者也。有《于湖紫微雅詞》一卷，湯衡爲序云云。其詠物之工，如『羅帕分柑霜落齒，冰盤剥芡珠盈掬』；寫景之妙，如『秋凈明霞乍吐，曙凉宿靄初消』;麗情之句,如『佩解湘腰,釵孤楚髩』,不可勝載。案張孝祥爲和州烏江人,楊氏誤。

于湖詞

于湖玩鞭亭,晋明帝覘王敦營壘處。自温庭筠賦詩後,張文潛又賦《于湖曲》,以正『湖陰』之誤。詞皆奇麗警拔,膾炙人口。徐寶之、韓南澗亦發新意。張安國賦《滿江紅》云:『千古凄涼,興亡事,但悲陳迹。凝望眼,吴波不動,楚山空碧。巴滇緑駿追風遠,武昌雲旆連天赤。笑老姦遺臭到如今,留空壁。 邊書静,烽烟息。通軺傳,銷鋒鏑。仰太平天子,聖明無敵。蹙踏揚州開帝里,渡江天馬龍爲匹。看東南佳氣鬱葱葱,傳千憶。』雖間采温、張語,而詞氣亦不在其下。嘗見安國大書此詞,後題云:『乾道元年正月十日。』筆勢奇偉可愛。《建康實録》,唐許嵩所著者,亦稱『湖陰』云云。庭筠之誤，有自來矣。

醉落魄

張于湖《醉落魄》詞云：『輕寒澹緑。可人風韻閑梳束。多情早是眉峯蹙。一點秋波，閑裏覷人毒。桃花庭院光陰速。銅鞮誰唱大堤曲。歸來想是櫻桃熟。不道秋千，誰伴那人蹴。』此詞『毒』『蹴』二字難下。《醉落魄》，元曲訛爲《醉羅歌》。

史邦卿

史邦卿，名達祖，號梅溪。今録其《萬年懽》一首，亦鼎之一臠也。『兩袖梅風，謝橋邊岸痕，猶帶陰雪。過了匆匆燈市，草根青發。燕子春愁未醒，誤幾處、芳音遼絶。煙谿上，採緑人歸，定應愁沁花骨。非干厚情易歇。奈燕臺句老，難道離别。小徑吹衣，曾記故里風物。多少驚心舊事，第一是、侵階羅襪。如今但柳髮晞春，夜來和露梳月。』《春雪》詞云：『行天入鏡，都做出、輕鬆纖軟。寒爐重暖，便放慢、春衫針線。恐鳳鞋挑菜歸來，萬一灞橋相見。』此句尤爲姜堯章拈出。『輕鬆纖軟』，元人小令借以詠美人足云。又《元夕》詞：『羞醉玉，少年丰度。懷豔雪，舊家伴侣。』『醉玉生春』出《蘭畹詞》，『豔雪』出韋詩，語精字鍊，豈易及耶？

杏花天

史邦卿《杏花天》詞云：『軟波拖碧蒲芽短。畫樓外，花晴柳暖。今年自是清明晚，便覺芳情較嬾。　春衫瘦，東風剪剪。逼花塢，香吹醉面。歸來立馬斜陽岸，隔水歌聲一片。』姜堯章云：『史邦卿之詞，奇秀清逸，有李長吉之韻，蓋能融情景于一家，會句意于兩得。』姜亦當時詞手，而服之如此。

姜堯章

姜夔，字堯章，號白石道人，南渡詩家名流。詞極精妙，不減清真樂府，其間高處有周美成不能及者。善吹簫，自製曲，初則率意爲長短句，然後協以音律云。其『詠蟋蟀』《齊天樂》一詞最勝，其詞曰：『庾郎先自吟愁賦。凄凄更聞私語。露濕銅鋪，苔侵石井，都是曾聽伊處。哀音似訴。正思婦無眠，起尋機杼。曲曲屏山，夜深獨自甚情緒。西窗又吹暗雨。爲誰頻斷續，相和砧杵。候館吟秋，離宫弔月，别有傷心無數。邠詩漫與。笑籬落呼燈，世間兒女。寫入琴絲，一聲聲更苦。』其《過苕霅》云：『拂雪金鞭，欺寒茸帽，不記章臺走馬。膓磧沙平，漁汀人散，老去不堪遊冶。』《人日》詞云：『池面冰膠，牆頭雪老，雲意還又沉沉。朱户粘雞，金盤簇燕，空嘆時序侵尋。』《湘月》詞云：『歸禽時度，月上汀洲冷。中流容與，畫橈不點清鏡。』從柳子厚『緑净不可唾』之語翻出。《戲張平甫納妾》云：『别母情懷，隨郎滋味，桃葉渡江時。』《翠樓吟》云：『檻曲縈紅，簷牙飛翠。酒祓清愁，花消英氣。』《法曲獻仙音》云：『過秋風未成歸計。重見冷楓紅舞。』《玲瓏四犯》云：『輕盈唤馬，端正窺户。酒醒明月下，夢逐潮聲去。』其腔皆自度者，傳至今，不得其調，難入管絃，秖愛其句之奇麗耳。

高賓王

高觀國，字賓王，號竹屋。詞名《竹屋癡語》，陳造爲序。稱其與史邦卿皆秦、周之詞，所作要是不經人道語，其妙處，少游、美成亦未及也。舊本《草堂詩餘》選其《玉蝴蝶》一首，書坊翻刻，欲省費，潛去之。予家藏有舊本，今録于此，以補遺略焉。『唤起一襟涼思，未成晚雨，先做秋陰。楚客悲殘，誰解此意登臨。古臺荒，斷霞斜照。新夢黯，微月疎砧。總難禁，盡將幽恨，分付孤斟。從今。倦看青鏡，既遲勳業，可負煙林。斷梗無憑，歲華搖落又驚心。想蓴汀，水雲愁凝。閑蕙帳，猨鶴悲吟。信沉沉，故園歸計，休更侵尋。』又『詠轎』《御街行》云：『藤�巧織花紋細。稱穩步，如流水。踏青陌上雨初晴，嫌怕濕文鴛雙履。要人送上，逢花須住。纔過處，香風起。裙兒挂在簾兒底。更不把、窗兒閉。紅紅白白簇花枝，卻稱得、尋春芳意。歸來時晚，紗籠引道，扶下人微醉。』他如『秋懷』《喜遷鶯》、『弔青樓』《永遇樂》，佳作也。

盧申之

盧申之，名祖皋，邛州人。有《蒲江詞》一卷，樂章甚工，字字可入律吕。彭傳師於吴江作釣雪亭，擅漁人之窟宅，以供詩境也。約趙子野、翁靈舒諸人賦之，惟申之擅場。『江寒鴈影梅花瘦。四無塵，雪飛風起，夜窗如晝。』其警句也。《水龍吟·咏荼蘼》云：『蕩紅流水無聲，暮烟細草粘天遠。低回倦蝶，往來忙燕，芳期頓嬾。緑霧迷牆，翠虬騰架，雪明香暖。笑依依欲挽，春風教住，還疑是、相逢晚。不似梅妝瘦減，占人間、丰神蕭散。攀條弄蕊，天涯猶記，曲闌小院。老去情懷，酒邊風味，有時重見。對枕幃空想，東窗舊夢，帶將離怨。』《洞仙歌·詠茉莉》云：『玉肌翠袖，較似酴醾瘦。幾度熏醒夜窗酒。問炎州何許清涼，塵不到、一段冰壺剪就。晚來庭户悄，暗數流光，細拾芳英黯回首。念日暮江東，偏爲魂銷人易老，幽韻清標似舊。正簟紋如水帳如煙，更奈向，月明露濃時候。』

劉改之詞

『新來塞北，傳到真消息。赤地居民無一粒，更五單于爭立。維師尚父鷹揚，熊羆百萬堂堂。看取黄金假鉞，歸來異姓真王。』又云：『堂上謀臣樽俎，邊頭將士干戈。天時地利與人和，燕可伐與曰可。今日樓臺鼎鼐，明年帶礪山河。大家齊唱大風歌，同日四方來賀。』世傳辛幼安壽韓侂胄詞也。又有小詞一首，尤多俚談，不録。近讀謝疊山文，論李氏《繫年録》、《朝野雜記》之非。謂乾道間，幼安以金有必亡之勢，願召大臣，預修邊備，爲倉卒應變之計，此憂國遠猷也。今摘數語，而曰贊開邊，借劉過小詞，曰，此幼安作也。忠魂得無冤乎？故今特爲拈出。

天仙子

劉改之『赴試別妾』《天仙子》云：『別酒醺醺渾易醉。回過頭來三十里。馬兒不住去如飛，行一憩，牽一憩。斷送殺人山共水。是則是功名終可喜。不道恩情拋得未。梅村雪店酒旗斜，去也是，住也是。煩惱自家煩惱你。』詞俗意佳，世多傳之。又小說載曹東畝赴試步行，戲作《紅窗迥》慰其足云：『春闈期近也，望帝鄉迢迢，猶在天際。懊恨這一雙脚底，一日厮趕上、五六十里。爭氣。扶持我去，轉得官歸，恁時賞你。穿對朝靴，安排你在轎兒裏。更選對宮樣鞋兒，夜間伴你。』其詞雖相似，而不及改之遠甚。曹東畝，名豳，字西士。

嚴次山

嚴仁，字次山，詞名《清江欸乃》。其佳處有『粘雲江影傷千古，流不去、斷魂處』之句。又長于慶壽、贈行，灑然脱俗。如《壽蕭禹平》云：『雲表金莖珠璀璨，當日投懷驚玉燕。文章議論壓西崐，風流姓字翔東觀。』《贈歐太守》云：『坐歗清香晝戟。聽丁丁，滴花晴漏，棠陰晝寂。』《賡賓客竹枝楊柳送別》云：『相逢斜柳絆輕舟，渚香不斷蘋花老。』又『窗兒上，幾條殘月，斜玉界羅幃』，皆爲當時膾炙。

吴大年

吴億，字大年，南渡初人。《元夕》『樓雪初消』一首入選。予愛其《南鄉子》一首云：『江上雪初消，暖日晴煙弄柳條。認得裙腰芳草緑，魂銷。曾折梅花過斷橋。　蟬鬢爲誰凋，長恨含嬌郴處嬌。遥想晚妝呵手罷，無聊。更傍朱脣暖玉簫。』

張功甫

張功甫，名鎡，有《玉照堂詞》一卷。玉照堂以種梅得名，其詞多賞梅之作。其佳處如『光摇動，一川銀浪，九霄珂月』，又『宿雨初乾，舞梢煙瘦金絲裊。粉圍香陣擁詩仙，戰退春寒峭』，皆詠梅之作。雖不驚人，而風味殊可喜。

賀新郎

張功甫，名鎡，善填詞。嘗即席作《賀新郎・送陳退翁分教衡湘》云：『桂隱傳杯處。有風流千巖勝韻，太邱遺緒。玉季金昆霄漢侶。平步鸞坡揮麈。莫便駕、飛驂煙渚。雲動精神衡嶽去。向君山，帝野鏘韶濩。藝蘭畹，弔湘楚。南湖老矣無襟度。但樽前、踉蹡醉飲，帽花顛仆。只恐清時專文教，猶貸陰山狂虜。卧玉帳、貔貅鉦鼓。忠烈前勳賫萬恨，望神都、魏闕奔狐兔。呼翠袖，爲君舞。』此詞首尾變化，送教官而及陰山狂虜，非善轉換不及此。末句『呼翠袖，爲君舞』六字又能換回結煞，非千鈞筆力，未易到此。辛稼軒有『憑誰喚取，盈盈翠袖，搵英雄淚』，此末句似之。

吴子和

吴子和，名禮之，錢塘人。有『閏元宵』《喜遷鶯》一詞入選。

鄭中卿

鄭中卿，名域，三山人，號松窗。使虜回，有《燕谷剽聞》二卷，紀虜事甚詳。《昭君怨·詠梅》一詞云：『道是花來春未，道是雪來香異。水外一枝斜，野人家。　冷淡竹籬茅舍，富貴玉堂瓊榭。兩地不同栽，一般開。』興比甚佳。《麗情》云：『合是一釵雙燕，却成兩處孤鸞。』樂府多傳之。

謝勉仲

謝勉仲，名懋，號静寄居士。吴伯明稱其『片言隻字，戛玉鏘金，醖籍風流，爲世所貴』云。其《七夕·鵲橋仙》一詞入選，『鈎簾借月』是也。若『餘酲未解扶頭嬾，屏裏瀟湘夢遠』，亦的的佳句。

趙文鼎

趙文鼎，名善扛，號解林居士。其『春游』《重疊金》云：『楚宫楊柳依依碧，遥山翠隱横波溢。絶艷照穠春，春光欲醉人。　纖纖芳草嫩，微步輕羅襯。花戴滿頭歸，游蜂花上飛。』其二：『玉關芳草粘天碧，春風萬里思行客。驕馬向風嘶，道歸猶未歸。　南雲新有鴈，望眼愁邊斷。膏沐爲誰容，日高花影重。』《重疊金》即《菩薩蠻》也。又《十拍子》一闋亦佳。

趙德莊

趙德莊，名彥端，有《介庵詞》一卷。《清平樂》一首云：『桃根桃葉，一樹芳相接。春到江南二三月，迷損東家蝴蝶。殷勤踏取春陽，風前花正低昂。與我同心梔子，報君百結丁香。』爲集中之冠。

易彥祥

易祓，字彥祥，長沙人，寧宗朝解褐狀元。《草堂》詞《蓦山溪》『海棠枝上，留取嬌鶯語』，其所作也。

李知幾

李石，字知幾，號方舟，蜀之井研人。文章盛傳，有《續博物志》。詞亦風緻。《草堂》選『煙柳疏疏人悄悄』，其《夏夜》詞也。《贈官妓》詞，有『暖玉倚香愁黛翠，勸人須要人先醉。問道明朝行也未。猶自記，燈前背立偷垂淚』。好事者或改『偷』爲

『佯』。

危逢吉

危逢吉，名稹，有《巽齋詞》一卷。其『詠箜篌』《漁家傲》云：『老去諸餘情味淺，詩情不上閑釵釧。寶幌有人紅兩靨。簾間見，紫雲元在深深院。　十四條弦音調遠，柳絲不隔芙蓉面。秋入西窗風露晚。歸去嬾，酒酣一任烏巾岸。』按箜篌本二十三弦，十四弦蓋後世從省，非古制矣。

劉巨濟

劉涇，字巨濟，簡州人。文曰《前溪集》。其《夏初臨》詞『小橋飛蓋入橫塘』，今刻本『飛』下落一『蓋』字。

劉巨濟、僧仲殊

張樞言龍圖守杭。一日，湖上開宴，劉涇巨濟、僧仲殊在焉。

樞言命即席作填詞，巨濟先倡曰：『憑誰好筆，橫掃素縑三百尺。天下應無，此是錢塘湖上圖。』仲殊應聲曰：『一般奇絶，雲淡天高秋夜月。費盡丹青，只這些兒畫不成。』樞言又出梅花，邀二人同賦，仲殊曰：『江南二月，猶有枝頭千點雪。邀上芳樽，却占東君一半春。』巨濟曰：『樽前眼底，南國風光都在此。移過江來，從此江南不復開。』乃《減字木蘭花》調也。

劉叔擬

劉叔擬，名仙倫，廬陵人，號招山。樂章爲人所膾炙。其『賞牡丹』《賀新郎》：『誰把天香和晚露，倩東風、特地勻芳臉。隔花聽取提壺勸。道此花過了春歸，蝶愁鶯怨。』最佳，而結句意俗。『秋日』《念奴嬌》云：『西風何事，爲行人、掃蕩煩襟如洗。垂漲蒸瀾都捲盡，一片瀟湘清泚。酒病驚秋，詩愁入鬢，對影人千里。

楚宫故事，一時分付流水。江上買取扁舟，排雲湧浪，直過金沙尾。歸去江南邱壑處，不用重尋月姊。風露杯深，芙蓉裳冷，笑傲煙霞裏。草廬如舊，卧龍知爲誰起。』此首絶佳。又有《繫裙腰》一詞云：『山兒矗矗水兒清。船兒似葉兒輕。風兒更没人情。月兒明，廝合凑送人行。眼兒簌簌淚兒傾。燈兒更冷清清。遭逢鴈兒，又没前程。一聲聲，怎生得夢兒成。』此詞穠薄而意優柔，亦柳永之流也。

洪叔璵

洪叔璵，名瑹，自號空同詞客。其《瑞鶴仙》云：『聽梅花吹動，凉夜何其，明星有爛。相看淚如霰。問而今去也，何時會面。匆匆聚散，恐便作秋鴻社燕。最傷心，夜來枕上，斷雲零雨何限。因念人生萬事，回首悲凉，都成夢幻。芳心繾綣，空惆悵，巫陽館。况船頭一轉，三千餘里，隱隱高城不見。恨無情，春水連天，片帆似箭。』『詠新月』《南柯子》云：『柳浪揺晴沼，荷風度晚簷。碧天如水印新蟾。一罅清光，斜露玉纖纖。寶鏡微開匣，金鈎未押簾。西樓今夜有人懽。應傍粧臺，低照畫眉尖。』『水宿』《菩薩蠻》云：『斷虹遠飲横江水，萬山紫翠斜陽裏。繫馬短亭西，丹楓明酒旗。浮生長客路，事逐孤鴻去。又是月黄昏，寒燈人閉門。』其餘如『笑捐瓊珮遺交甫。肯把文梭擲幼輿。花上蝶，水中凫。芳心密意兩相於。』用事用韻皆妙。又『合數松兒，分香帕子，總是牽情處』，用唐詩『樓頭擊鼓轉花枝，席上藏鬮握松子』事也。全篇如《月華清》、《水龍吟》、《驀山溪》、《齊天樂》，皆不減周美成。不盡録也。

馮偉壽，字艾子，號雲月，詞多自製腔。《草堂》詞選其『春風惡劣。把數枝香錦，和鶯吹折』一首。又《春風裊娜》，其自度曲也。『被梁間雙燕，話盡春愁。朝粉謝，午花柔。倚紅闌故與，蝶圍蜂繞；柳緜無數，飛上搔頭。鳳管聲圓，蠶房香暖，笑挽羅衫須少留。隔院蘭馨趁風遠，鄰牆桃影伴煙收。　些子風情未減，眉頭眼尾，萬千事、欲説還休。薔薇刺，牡丹毬。殷勤記省，前度綢繆。夢裏飛紅，覺來無覓；望中新緑，别後空稠。相思難偶，歎無情明月，今年已見，三度如鈎。』殊有前宋秦、晁風豔，比之晚宋酸餡味、教督氣不侔矣。餘句如『笑呼銀漢入金斝』，臨邛高耻庵列爲麗句圖云。

吴夢窗

吴夢窗，名文英，字君特，四明人。尹君焕序其詞云：『求詞於吾宋，前有清真，後有夢窗，此非煥之言，四海之公言也。』有《聲聲慢》一詞云：『檀欒金碧，婀娜蓬萊，遊雲不蘸芳州。露柳霜蓮，十分點綴殘秋。新彎畫眉未穩，似含羞、低度牆頭。愁送遠，駐西臺車馬，共惜臨流。知道池亭多宴，掩庭花長是，驚落秦謳。膩粉闌干，猶聞凭袖香留。輸他翠漣拍甃，瞰新妝、終日凝眸。簾半捲，戴黃花，人在小樓。』蓋九日宴侯家園作也。

玉樓春

吴夢窗《玉樓春》云：『茸茸狸帽遮梅額。金蟬羅剪胡衫窄。肩輿争看小腰身，倦態强隨閑鼓笛。問稱家在城東陌。欲買千金應不惜。歸來困頓滯春眠，猶夢婆娑斜趁拍。』深具意態者也。

王實之

王邁，字實之，號臞庵，莆陽人，丁丑第四人及第。劉後村贈之詞云：『天壤王郎，數人物、方今第一。談笑裏，風霆驚坐，雲煙生筆。落落元龍湖海氣，琅琅董相天人策。』其重之如此。余又見《翰苑新書》，劉後村與王實之四六啓云：『聲名早著，不數黄香之無雙；科目小低，猶壓杜牧之第五。元化孕此五百年之間氣，同輩立于九萬里之下風。』又云：『朱雲折檻，諸公慚請劍之言；陽子哭庭，千載壯裂麻之語。一葉身輕，何去之勇；六丁力盡，而挽不回。有謫仙人駿馬名姬之風，無杜少陵冷炙殘杯之態。麗人歌陶秀實郵亭之曲，好事繪韓熙載夜宴之圖。擁通德而著書，命便了以沽酒。』云云。觀此，實之蓋進則忠鯁，退則豪俠，元龍、太白一流人也。可以補史氏之遺。

馬莊父

馬莊父，字子嚴，號古洲，建安人。有經學，多論著，填詞其餘事也。《草堂》詞選其『春游』《歸朝懽》一首。餘如《月華清》云：『悵望月中仙桂。問竊藥佳人，與誰同歲。』《賀聖朝》云：『游人拾翠不知遠，被子規呼轉。』《阮郎歸》結句云：『三三兩兩叫船兒，人歸春也歸。』《元夕》詞云：『玉梅對妝雪柳，鬧蛾兒象生嬌顫。』可考見杭都節物。

万俟雅言

万俟雅言，精于音律，自號詞隱。崇寧中，充大晟府製撰，按月用律進詞，故多新聲。《草堂》選載其三詞及《梅花引》二首而已。其《大聲集》多佳者，山谷稱之爲一代詞人。黄玉林云：『雅言之詞，發妙音于律呂之中，運巧思于斧鑿之外，蓋詞之聖也。』今約載其二篇，《昭君怨》云：『春到南樓雪盡，驚動燈期花信。小雨一番寒，倚闌干。　莫把闌干倚，一望幾重煙水。何處是京華，暮雲遮。』《卓牌兒》云：『東風緑楊天，如畫出清明院宇。玉豔淡泊，梨花帶月；燕支零落，海棠經雨。單衣怯黄昏，人正在、珠簾笑語。相並戲蹴秋千，共攜手，同倚闌干，暗香時度。　翠窗繡户，路繚繞、潛通幽處。斷魂凝佇，嗟不似飛絮。閑悶閑愁，難消遣，此日年年意緒。無據。奈酒醒春去。』

黄玉林

黄玉林，名昇，字叔暘，有散花庵，人止稱花庵云。嘗選唐宋詞，名曰《絶妙詞選》，與《草堂詩餘》相出入。今《草堂》詞刻本多誤字及失名字者，賴此可證。此本世亦罕傳，予得録于王吏部相山子名嘉賓。玉林之詞，附録卷尾，凡四十首。《草堂》詞選其一，『南山未解松梢雪』及『枕鐵稜稜近五更』是也。然非其佳者。其

《月照梨花》一首云：『晝景方永，重簾花影。好夢猶酣，鶯聲喚醒。門外風絮交飛，送春歸。脩蛾畫了無人問。幾多別恨，淚洗殘妝粉。不知郎馬何處嘶，煙草萋迷鷓鴣啼。』此首有《花間》遺意。又《賀新郎·梅》詞云：『自掃梅花下。問梢頭、冷蘂疏疏，幾時開也。問者闊焉今久矣，多少幽懷欲寫。有誰是，孤山流亞。清香月一聯真絕唱，與詩人千載爲嘉話。餘興味，付來者。癯不戀雕闌榭。待與君，白髮相懽，竹籬茅舍。幸甚今年無酒禁，溜溜小漕壓蔗。已準擬，霜天雪夜。自醉自吟人自笑，任解冠落珮從嘲駡。書此意，寄同社。』此詞用文句，入音律而不酸，宋詞之體也。其餘若《九日》詞『蘭珮秋風冷，茱囊晚露新』，《秋懷》詞『月印金樞曉未收』，《夜凉》詞『冰雪襟懷，琉璃世界，夜氣清如許』，《暮春》詞『戲臨小草書團扇，自揀殘花插净瓶』，又『夜來能有幾多寒，已瘦了梨花一半』，《贈丁南鄰》云『待踞龜食蛤，相期汗漫，與烟霞會』，用盧敖事也，見《淮南子》。

評稼軒詞

廬陵陳子宏云：蔡光工于詞，靖康中陷虜庭。辛幼安嘗以詩詞謁之，蔡曰：『子之詩則未也，他日當以詞名家。』故稼軒歸宋，晚年詞筆尤高。嘗作《賀新郎》云：『緑樹聽鵜鴂。更那堪杜鵑聲住，鷓鴣聲切。啼到春歸無尋處，苦恨芳菲都歇。算未抵、人間離別。馬上琵琶關塞黑，更長門翠輦辭金闕。看燕燕，送歸妾。將軍百戰身名裂。向河梁回頭萬里，故人長絶。易水蕭蕭西風冷，滿座衣冠似雪。正壯士、悲歌未徹。啼鳥還知如許恨，料不啼清淚，長啼血。誰伴我，醉明月。』此詞盡集許多怨事，全與李太白擬《恨賦》手段相似。又『止醉』《沁園春》云：『杯、汝前來。老子今朝，點檢形骸。甚長年抱渴，咽如焦釜；于今喜溢，氣似奔雷。漫説劉伶，古今達者，醉後何妨死便埋。渾如許，歎汝於知己，真少恩哉。　更憑歌舞爲媒。算合作、人間鴆毒猜。況怨無大小，生于所愛；物無美惡，過則爲災。與汝成言，勿留亟退，吾力猶能肆汝杯。杯再拜，道麾之即去，有召須來。』此又如《賓戲》、《解嘲》等作，乃是把做古文手段寓之于詞。《賦築偃湖》云：『疊嶂西馳，萬馬回旋，衆山欲東。正驚湍直下，跳珠倒濺；小橋橫截，新月初弓。老合投閑，天教多事，檢校長身十萬松。吾廬小、在龍蛇影外，風雨聲中。　爭先見面重重。看爽氣，朝來三四峯。似謝家子弟，衣冠磊落；相如庭户，車騎雍容。我覺其間，雄深雅健，如對文章太史公。新堤路，問偃湖何日，烟水濛濛。』且説松，而及謝家、相如、太史公，自非脱落故常者，未易闖其堂奥。劉改之所作《沁園春》，雖頗似其豪，而未免于粗。近日作詞者，惟説周美成、姜堯章，而以東坡爲詞詩，稼軒爲詞論。此説固當，蓋曲者曲也，固當以委曲爲體。然徒狃于風情婉孌，則亦易厭。回視稼軒所作，豈非萬古一清風哉？或云周、姜曉音律，自能撰詞調，故人尤服之。

卷五

虞美人草

《賈氏談録》云：『褒斜谷中，有虞美人草，狀如雞冠，花葉相對。』《益州草木記》云：『雅州名山縣出虞美人草，唱《虞美人》曲，應拍而舞。』《酉陽雜俎》云：『舞草出雅州。』《益州方物圖贊》：『虞作娛。』唐人舊曲云：『帳中草草軍情變，月下旌旗亂。攬衣推枕愴離情。遠風吹下楚歌聲，正三更。　烏騅欲上重相顧，豔態花無主。手中蓮鍔凜秋霜。九泉歸去是仙鄉，恨茫茫。』宋黄載萬和云：『世間離恨何時了，不爲英雄少。楚歌聲起霸圖休，玉帳佳人血淚滿東流。　葛荒葵老蕪城暮，玉貌知何處。至今芳草解婆娑，只有當時魂魄未消磨。』

並蒂芙蓉詞

宋政和癸巳大晟樂成。嘉瑞既生，蔡元長以晁端禮次膺薦于徽宗。詔乘驛赴闕。次膺至都下，會禁中嘉蓮生，異苞合趺，夐出天造，人意有不能形容者。次膺效樂府體屬詞以進，名並蒂芙蓉。上覽之，稱善，除大晟樂府協律郎，不克受而卒。其詞云：『太液波澄，向鑑中照影，芙蓉同蒂。千柄緑荷深，並丹臉爭媚。天心眷臨聖日，殿宇分明敞嘉瑞。弄香嗅蕊。願君王，壽與南山齊比。池邊屢回翠輦，擁羣仙醉賞，憑闌凝思。萼緑攬飛瓊，共波上游戲。西風又看露下，更結雙雙新蓮子。鬭妝競美。問鴛鴦，向誰留意。』不惟造語工緻，而曲名亦新，故録于此。然大臣諛，小臣佞，不亡何俟乎！

宋徽宗北隨金虜，後見杏花，作《燕山亭》一詞云：『裁剪冰綃，輕疊數重，冷淡臙脂凝注。新樣靚妝，豔溢香融，羞殺蕊珠宮女。易得凋零，更多少無情風雨。愁苦。閑院落淒涼，幾番春暮。　憑寄離恨重重，這雙燕何曾，會人言語。天遥地遠，萬水千山，知他故宮何處。怎不思量，除夢裏有時曾去。無據。和夢也，有時不做。』詞極淒惋，亦可憐矣。又《在北遇清明日》詩曰：『茸母初生認禁烟草名，無家對景倍悽然。帝城春色誰爲主，遥指鄉關涕淚連。』又戲作小詞云：『孟婆，孟婆，你做些方便。吹個船兒倒轉。』孟婆，宋京勾闌語，謂風也。茸母孟婆，正是的對。

孟婆

俗謂風曰『孟婆』。蔣捷詞云：『春雨如絲，繡出花枝紅裊。怎禁他孟婆合早。』宋徽宗詞云：『孟婆好做些方便。吹個船兒倒轉。』江南七月間有大風，甚于舶趠，野人相傳以爲孟婆發怒。按北齊李騊駼聘陳，問陸士秀，江南有孟婆，是何神也。士秀曰：『《山海經》，帝之二女，游于江中，出入必以風雨自隨。以帝女，故曰孟婆。猶《郊祀志》以地神爲泰媪。』此言雖鄙俚，亦有自來矣。

憶君王

徽宗被虜北行，謝克家作《憶君王》詞云：『依依宫柳拂宫牆，宫殿無人春晝長，燕子歸來依舊忙。憶君王，月照黄昏人斷腸。』忠憤之氣，寓于聲律，宜表出之，其調即《憶王孫》也。

陳敬叟

陳敬叟，名以莊，號月溪。有《水龍吟》一首，自注：『記錢塘之恨。』蓋謝太后隨北虜去事也。其詞曰：『晚來江闊潮平，越船吴榜催人去。稽山滴翠，胥濤濺恨，一襟離緒。訪柳章臺，問桃仙囿，物華如故。向秋娘渡口，泰娘橋畔，依稀是、相逢處。　窈窕青門紫曲，舊羅衣、新番金縷。仙音恍記，輕攏慢撚，哀絃危柱。金屋難成，阿嬌已遠，不堪春暮。聽一聲杜宇，紅殷絲老，雨花風絮。』是時謝太后年七十餘，故有『金屋阿嬌，不堪春暮』之句。又以秋娘、泰娘比之，蓋惜其不能死也，有愧于苻登之毛氏、竇建德之曹氏多矣。同時孟鯁有《折花怨》云：『匆匆杯酒又天涯，晴日牆東叫賣花。可惜同生不同死，却隨春色去誰家。』鮑輗亦有詩云：『生死雙飛亦可憐，若爲白髮上征船。未應分手江南去，更有春光七十年。』噫，婦人不足責。誤國至此者，秦檜、賈似道，可勝誅哉。

天台陳剛中孚在燕，端陽日當母誕，作《太常引》二首云：『綵絲堂敞簇蘭翹。記生母、在今朝。無地捧金蕉。奈烟水、龍沙路遥。　碧天迢遞，白雲何處，急雨瀟瀟。萬里夢魂銷。待飛逐、錢塘夜潮。』其二：『短衣孤劍客乾坤。奈無策、報親恩。三載隔晨昏。更疎雨、寒燈斷魂。　赤城霞外，西風鶴髮，猶想倚柴門。蒲醑漫盈樽。倩誰寫、青衫淚痕。』時爲編修云。

惜分釵

呂聖求《惜分釵》一詞云：『春將半，鶯聲亂。柳絲拂馬花迎面。小堂風，暮樓鐘。草色連雲，暝色連空。重重。　秋千畔，何人見。寶釵斜照春妝淺。酒霞紅，與誰同。試問別來，近日情悰。忡忡。』此詞妙在足韻。

鄒志完、陳瑩中詞

《復齋漫録》云：鄒志完徙昭，陳瑩中貶廉，間以長短句相諧樂。『有個胡兒模樣别。滿頷髭鬚，生得渾如漆。見説近來頭也白。髭鬚那得長長黑。（逸一句）籲子摘來，鬚有千莖雪。莫向細君容易説。恐他嫌你將伊摘。』此瑩中語，謂志完之長髭也。『有箇頭陀修苦行，頭上頭髮摻摻。身披一副黲裙衫。緊纏雙脚，苦苦要游南。　聞説度牒一朝到，并除頷下髭髯。鉢中無粥住無庵。摩登伽處，只恐卻重參。』此志完語，謂瑩中之多慾也。廣陵馬推官往來二公間，亦嘗以詩詞贈之。『有才何事老青山，十載低回北斗南。肯伴雪髯千日醉，此心真與古人參。』『不見故人今幾年，年來風物尚依然。遥知閑望登臨處，極目江湖萬里天。』志完語也。『一樽薄酒，滿酌勸君君舉手。不是朋親，誰肯相從寂寞濱。　人生似夢，夢裏惺惺何處用。盞倒休辭，醉後全勝未醉時。』瑩中語也。初，志完自元符間貶新州。徽宗即位，以中書舍人召。未幾，謫零陵別駕，龍水安置。未幾，徙昭焉。

詞讖

《復齋漫録》云：鄧肅謂余曰：宣和五年，初復九州，天下共慶，而識者憂之也。都下盛唱小詞云：『喜則喜、得入手。愁則愁、不長久。歡則歡、我兩個厮守。怕則怕、人來破鬭。』雖三尺之童皆歌之，不知何謂也。七年，九州復陷，豈非不長久也。郭藥師，契丹之帥也，我用以守疆。啓敵國禍者，郭爾，非破鬭之驗耶？

無名氏撲蝴蝶詞

苕溪漁隱曰：舊詞高雅，非近世所及。如《撲蝴蝶》一詞，不知誰作，非惟藻麗可喜，其腔調亦自婉美。詞云：『烟條雨葉，緑遍江南岸。思歸倦客，尋芳來較晚。岫邊紅日初斜，陌上花飛正滿。凄涼數聲羌管。怨春短。玉人應在，明月樓中畫眉嬾。鸞牋錦字，多少魚鴈斷。恨隨去水東流，事與行雲共遠。羅衾舊香猶暖。』

曹元寵詞

苕溪漁隱曰：曹元寵本善作詞，特以《紅窗迥》戲詞盛行于世，遂掩其名。如『望月』《婆羅門》一詞，亦豈不佳。詞云：『漲雲暮卷，漏聲不到小簾櫳。銀河淡掃澄空。皓月當軒高挂，秋入廣寒宫。正金波不動，桂影朦朧。佳人未逢，歎此夕與誰同。望遠傷懷對影，霜滿秋紅。南樓何處，想人在、長笛一聲中。凝淚眼、立盡西風。』此詞語病，在『霜滿秋紅』之句，時太早爾。曾端伯編《雅詞》，乃以此爲楊如晦作，非也。

王采漁家傲詞

《復齋漫録》云：王采輔道，觀文韶子也。徽宗朝，妄奏天神降于家，卒以此受禍。人以其父熙河妄殺之報爾。嘗爲《漁家傲》詞云：『日月無根天不老，浮生總被消磨了。陌上紅塵常擾擾。昏復曉，一場大夢誰先覺。洛水東流山四遶，路傍幾個新華表。見説在時官職好。争信道，冷煙寒雨埋荒草。』

洪覺範浪淘沙

《冷齋夜話》云：予留南昌，久而忘歸。獨行無侶，意緒蕭然。偶登秋屏閣望西山，於是浩然有歸志，作長短句寄意。其詞曰：『城裏久偷閑，塵涴雲衫。此身已是再眠蠶。隔岸有山歸去好，萬壑千巖。霜曉更凭闌，滅盡晴嵐。微雲生處是茅庵。試問此生誰作伴，彌勒同龕。』

洪覺範禪師贈女真詞

《復齋漫録》云：臨川距城南一里，有觀曰魏壇，蓋魏夫人經游之地，具諸顔魯公之碑。以故諸女真嗣續不絶，然而守戒者鮮矣。陳虚中崇寧間守臨川，爲詩曰：『夫人在兮若冰雪，夫人去兮仙跡滅。可惜如今學道人，羅裙帶上同心結。』洪覺範嘗以長短句贈一女真云：『十指嫩抽春筍，纖纖玉軟紅柔。人前欲展强嬌羞，微露雲衣霓袖。最好洞天春晚，黄庭卷罷清幽。凡心無計奈閑愁，試撚花枝頻嗅。』

錢思公詞

《侍兒小名録》云：錢思公謫漢東日，撰《玉樓春》詞曰：『城上風光鶯語亂。城下烟波春拍岸。緑楊芳草幾時休，淚眼愁腸先已斷。情懷漸變成衰晚。鸞鏡朱顔驚暗换。往年多病厭芳樽，今日芳樽惟恐淺。』每酒闌歌之，則泣下。後閣有白髮姬，乃鄧王歌鬟驚鴻也。遽言：『先王將薨，預戒挽鐸中歌《木蘭花》引紼爲送。今相公亦將亡乎？』果薨于隨州。鄧王舊曲亦嘗有『帝鄉煙雨鎖春愁，故國山川空淚眼』之句。

劉後村

劉克莊，字潛夫，號後村。有《後村別調》一卷，大抵直致近俗，效稼軒而不及也。『夢方孚若』《沁園春》云：『何處相逢，登寶釵樓，訪銅雀臺。喚厨人斫就，東溟鯨膾，圉人呈罷，西極龍媒。天下英雄，使君與操，餘子誰堪共酒杯。車千乘，載燕南代北，劍客奇材。 飲酣畫鼓如雷。誰信被、晨雞催喚回。歎年光過盡，功名未立，書生老去，機會方來。使李將軍，遇高皇帝，萬户侯、何足道哉。推衣起，但凄涼感舊，慷慨生哀。』舉一以例，他詞類是。其『詠菊』《念奴嬌》後段云：『嘗試銓次羣芳，梅花差可，伯仲之間耳。佛説諸天金色界，未必莊嚴如此。尚友靈均，定交元亮，結好天隨子。籬邊坡下，一杯聊泛霜蕊。』亦奇甚。《送陳子華帥真州》云：『記得太行兵百萬，曾入宗爺駕御。今把做、握蛇騎虎。堪笑書生心膽怯，向車中閉置如新婦。空目送，孤鴻去。』莊語亦可起懦。『旅中』《浪淘沙》云：『紙帳素屏遮，全似僧家。無端霜月闖窗紗。驚起玉關征戍夢，幾疊寒笳。歲晚客天涯，髩髮蒼華。今年衰似去年些。詩酒近來都減價，孤負梅花。』見《天機餘錦》。

劉伯寵

劉伯寵，名褒，一字春卿。其詞多俊語。《元夕》云：『金猊戲掣星橋鎖。絳紗萬炬，玉梅千朵。羯鼓喧空，鵾弦沸曉，櫻梢微破。』《春日旅況》云：『遺策誰家，蕩子唾花，何處新妝。流紅有恨，拾翠無心，往事凄凉。紅淚不勝閨怨，白雲應老他鄉。』《送別》云：『紅枕臂香痕未落，舟横岸、作計匆匆。愁如織，斷腸啼鴂，饒舌訴東風。』

劉叔安

劉叔安，名鎮，號隨如。『元夕』《慶春澤》一首入《草堂》選。又有《阮郎歸》云：『寒陰漠漠夜來霜。階庭風葉黄。歸鴉數點帶斜陽。誰家砧杵忙。　燈弄幌，月侵廊。熏籠添寶香。小屏低枕怯更長。和雲入醉鄉。』亦清麗可誦。其《詠茉莉》云：『月浸闌干天似水，誰伴秋娘窗户。』評者以爲不言茉莉，而想像可得，他花不能承當也。又《春宴》云：『庭花弄影，一簾香月娟娟。』有富貴藴藉之味。《餞元宵》、《餞春》二詞皆奇，南渡填詞鉅工也。

施乘之

施乘之，號楓溪。《野外元夕》云：『休言冷落山家，山翁本厭繁華。試問蓮燈千炬，何如月上梅花。』高情可想也。

戴石屏

戴石屏，名復古，字式之，能詩，『江湖四靈』之一也。詞一卷，惟『赤壁懷古』《滿江紅》一首，句有『萬炬臨江貔虎噪，千艘烈炬魚龍舞』，『幾度東風吹世換，千年往事隨潮去』，而全篇不稱。《臨江仙》一首差可，見予所選《百琲明珠》。餘無可取者。方虚谷議其胸中無百字成誦書故也。

張宗瑞

張宗瑞，鄱陽人，號東澤。詞一卷，名《東澤綺語》。讀其詞，皆倚舊腔，而别立新名，亦好奇之過也。《草堂》詞選其《疎簾淡月》一篇，即《桂枝香》也。予愛其《垂楊碧》一篇，即《謁金門》。其詞云：『花半濕。睡起一窗晴色。千里江南空咫尺。醉中歸夢直。　前度蘭舟送客。雙鯉沉沉消息。樓外垂楊如此碧。問春來幾日。』

李公昂

李公昂，名昂英，號文溪，資州盤石人。『送太守』詞，『有腳豔陽難駐』一詞得名。然其佳處不在此。《文溪全集》，予家有之。其《蘭陵王》一首絕妙，可竝秦、周。其詞云：『燕穿幕。春在深深院落。單衣試、龍沫旋熏，又怕東風曉寒薄。別來情緒惡。瘦得腰圍柳弱。清明近，正似海棠怯雨，芳疎任飄泊。　釵留去年約。恨易老嬌鶯，多誤靈鵲。　碧雲杳杳天涯各。望不斷芳草，又迷香絮，迴文强寫字屢錯。淚欲注還閣。　孤酌。住春腳。更彩局誰歡，寶軫慵學。階除拾取飛花嚼。是多少春恨，等閑吞却。猛拍闌干，嘆命薄，悔舊諾。』

陸放翁

放翁詞纖麗處似淮海，雄慨處似東坡。其『感舊』《鵲橋仙》一首：『華燈縱博，雕鞍馳射，誰記當年豪舉。酒徒一半取封侯，獨去作、江邊漁父。輕舟八尺，低篷三扇，占斷蘋洲煙雨。鏡湖元自屬閑人，又何必、官家賜與。』英氣可掬，流落亦可惜矣。其『墜鞭京洛，解珮瀟湘。欲歸時，司空笑問；漸近處，丞相嗔狂』，真不減少游。

張東父

張震，字東父，號無隱居士，蜀之益寧人也。孝宗朝爲諫官，有直聲。孝宗稱其知無不言，言無不當。光宗朝以數直言去位。

時稱『王十朋去，省爲之空。張震去，臺爲之空』。一代名臣也。而其詞婉媚風流，乃知賦梅花者，不獨宋廣平也。其《驀山溪》『青梅如豆』一首，《草堂》入選，而失其名字。

天風海濤

趙汝愚《題鼓山寺》云：『幾年奔走厭塵埃，此日登臨亦快哉。江月不隨流水去，天風常送海濤來。』朱晦翁摘詩中『天風海濤』字題扁，人不知其爲趙公詩也。嚴次山有《水龍吟》題于壁云：『飈車飛上蓬萊，不須更跨琴高鯉。砉然長嘯，天風澒洞，雲濤無際。我欲乘桴，從茲浮海，約任公起。辦虹竿千丈，犗鈎五十，親點對、連鰲餌。　誰榜佳名空翠。紫陽仙去騎箕尾。銀鈎鐵畫，龍拏鳳翥，留人間世。更憶東山，哀箏一曲，灑霑襟淚。到而今，幸有高亭遺愛，寓甘棠意。』此詞前段言江山景，後段『紫陽仙去』指朱文公，『東山』、『甘棠』指趙公也。趙詩、朱字、嚴詞，可謂三絕。特記于此。

劉篁嶸

劉圻父，字子寰，號篁嶸。早登朱文公之門，居麻沙，有文集行世。其《玉樓春》云：『今來古往長安道。歲歲榮枯原上草。行人幾度到江濱，不覺身隨楓樹老。　蒲花易晚蘆花早。客裏光陰如過鳥。一般垂柳短長亭，去路不如歸路好。』頗有警悟。《觀泉》一句云：『静坐時看松鼠飲，醉眠不礙山禽浴。』亦新。

劉德修

劉光祖，字德修，號後溪，蜀之簡州人。有《鶴林文集》，小詞附焉。其《醉落魄》云：『春風開者。一時還共春風謝。柳條送我今槐夏。不飲香醪，孤負人生也。　曲塘泉細幽琴寫。胡牀滑篁應無價。日遲睡起簾鈎挂。何不歸與，花竹秀而野。』

潘庭堅

潘牥，字庭堅，號紫巖，乙未何㮚榜及第第三人。美姿容，時有諺云『狀元真何郎，榜眼真郭郎，探花真潘郎』也。庭堅以氣節聞于時，詞止《南鄉子》一首，《草堂》所選是也。首句『生怕倚闌干』，今本『生』誤作『我』。

魏了翁

魏了翁，字華父，號鶴山，邛州人。慶元己未第二人及第，與真西山齊名。道學宗派，詞不作豔語。長短句一卷，皆壽詞也。《菩薩蠻·壽范靖倅》云：『東窗五老峯前月，南窗九疊坡前雪。推出侍郎山，著君窗户間。《離騷》鄉裏住，却記庚寅度。挹取芷蘭芳，酌君千歲觴。』又《鷓鴣天·壽范靖州》云：『誰把璿璣運化工。參旗又挂玉梅東。三三律琯聲餘亥，九九元經卦起中。』又《水調歌頭》云：『玉圍腰，金繫肘，繡籠鞍。』宋代壽詞，無有過之者。

吴毅甫

吴毅甫，名潛，號履齋，嘉定丁丑狀元。爲賈似道所陷，南遷。有《履齋詩餘》行世。有《送李御帶祺》一詞，『報國無門空自怨，濟時有策從誰吐』，亦自道也。李祺，號竹湖，亦當時名士。所著有《春秋王霸列國分紀》，予得之于市肆故書中，乃爲傳之，亦奇事也。并附見。

履齋贈妓詞

吴履齋有『贈建寧妓女』《賀新郎》詞，集中不載，見于小説，今録于此。『可意人如玉。小簾櫳，輕勻淡佇，道家裝束。長恨春歸無尋處，全在波明黛綠。看冶葉倡條非俗。比似江梅清有韻，更臨風對月斜依竹。看不足，詠不足。曲屏半掩青山簇。正輕寒，夜永花睡，半欹殘燭。縹渺九霞光裏夢，香在衣裳賸馥。又只恐、銅壺聲促。試問送人歸去後，對一奩花影垂金粟。腸易斷，恨難續。』

向豐之

向豐之，號樂齋，有《如夢令》一詞云：『誰伴明窗獨坐，我和影兒兩個。燈盡欲眠時，影也把人拋躲。無那。無那。好個悽惶的我。』詞似俚而意深，亦佳作也。

毛幵

毛幵小詞一卷，惟予家有之。其《滿江紅》云：『潑火初收，鞦韆外，輕煙漠漠。春漸遠，綠楊芳草，燕飛池閣。已著單衣寒食後，夜來還是東風惡。對空山寂寂杜鵑啼，梨花落。傷別恨，閑情作。十載事，驚如昨。向花前月下，共誰行樂。飛蓋低迷南苑路，湔裙悵望東城約。但老來憔悴惜春心，年年覺。』此作亦佳，聊記于此。

驀山溪

葛魯卿有《驀山溪》一曲，詠天穿節郊射也。宋以前，以正月二十三日爲天穿節。相傳云：女媧氏以是日補天，俗以煎餅置屋上，名曰補天穿。今其俗廢久矣。詞云：『春風野外，卵色天如水。魚戲舞綃紋，似出聽、新聲北里。追風駿足，千騎卷高門。一箭過，萬人呼，雁落寒空裏。　天穿過了，此日名穿地。橫石俯清波，競追隨、新年樂事。誰憐老子，使得縱遨遊。争捧手，共憑肩，夾路遊人醉。』詞不甚工，而事奇，故拈出之。『卵色天』用唐詩『殘霞蹙水魚鱗浪，薄日烘雲卵色天』之句。東坡詩亦云：『笑把鴟夷一杯酒，相逢卵色五湖天。』今刻蘇詩不知出處，改『卵色』爲『柳色』，非也。《花間》詞『一方卵色楚南天』，注以『卯』爲『泖』，亦非。

張即之書莫崙詞

『聽春教燕韁鶯訴，朝朝花困風雨。六橋忘卻清明後，碧盡柳絲千縷。蜂蝶侶，正閑覓，閑花閑草閑歌舞。最憐西子，尚薄薄雲情，盈盈波淚，點點舊眉嫵。　流紅記，空泛秋宮怨句。才色何處嬌妒，落紅無限隨風絮。詩恨有誰曾遇。堪恨處。恨二十四番花信催花去。東君暗苦。更多囑多情，多愁杜宇，多訴斷腸語。』此宋人莫崙之詞，張即之書，孫生顯祖家藏。墨跡如新，而字極怪。録其詞如此。即之號樗寥。莫崙號若山。

寫詞述懷

扶風馬大夫作詞述懷，聲寄《滿庭芳》云：『雪點疏髯，霜侵衰鬢，去年猶勝今年。一迴老矣，堪歎又堪憐。思昔青春美景，無非是、月下花前。誰知道，金章紫綬，多少事憂煎。　侵晨，騎馬出，風初暴横，雨又凄然。想山翁野叟，正爾高眠。更有紅塵赤日，也不到、松下林邊。如何好，吴淞江上，閑了釣魚船。』大夫名晋，字孟昭，嘗爲仕宦。

岳珂祝英臺近詞

岳珂『北固亭』《祝英臺近》詞云：『澹烟横，層霧斂。勝概分雄占。月下鳴榔，風急怒濤颭。關河無限清愁，不堪臨檻。正雙鬢，秋風塵染。　漫登覽。極目萬里沙場，事業頻看劍。古往今來，南北限天塹。倚樓誰弄新聲，重城門正掩。歷歷數、西州更點。』此詞感慨忠憤，與辛幼安『千古江山』一詞相伯仲。

蘇雪坡贈楊直夫詞 案此姚勉詞。勉號雪坡，楊誤作蘇雪坡。

蘇雪坡《贈楊直夫》名棟，青神人。詞云：『允文事業從容了。要岷峨人物，後先相照。見説君王曾有問，似此人才多少。況蜀珍、先已登廊廟。但側耳，聽新詔。』按小説，高宗曾問馬騏曰：『蜀中人才如虞允文者有幾？』騏對曰：『未試焉知，允文亦試而後知也。』蘇與楊、馬皆蜀人。楊在眉山爲甲族。直夫之妹通經學，比于曹大家。嫁虞氏，生虞集，爲鉅儒。其學無師，傳于母氏也。此事蜀人亦罕知，故著之。馬騏，南郡人，涓之孫。

慶樂園詞

慶樂園，韓侂冑之南園也。張叔夏著《高陽臺》詞云：『古木迷鴉，虛堂起燕，懽遊轉眼驚心。南圃東窗，酸風掃盡芳塵。鬢貂飛入平原草，最可憐、渾是秋陰。夜沉沉，不信歸魂，不到花深。吹簫踏葉幽尋去，任船依斷石，岫裹寒雲。老桂懸香，珊瑚碎擊無音。故園已是愁如許，撫殘碑、又却傷今。更關情，秋水人家，斜照西林。』

詠雲詞譏史彌遠

彌遠之比周于楊后也，出入宮禁，外議甚譁。有人作『詠雲』詞譏之云：『往來與月爲儔，舒卷和天也蔽。』宋人言其本朝家法最正，母后最賢，至楊后則蕩然矣。

趙從櫜壽賈似道陂塘柳

趙從櫜《陂塘柳》云：『指庭前翠雲含雨。霏霏香滿仙宇。一清透徹渾無底，秋水也無流處。君試數。此樣襟懷，頓得乾坤住。閑情半許。聽萬物氤氳，從來形色，每向靜中覷。 琪花路。相接西池壽母。年年弦月時序。荷衣菊珮尋常事，分付兩山容與。天證取。此老平生，可向青天語。瑶卮緩舉。要見我何心，西湖萬頃，來去自鷗鷺。』

賈似道壁詞

似道遭貶，時人題壁云：『去年秋。今年秋。湖上人家樂復憂。西湖依舊流。　吴循州。賈循州。十五年間一轉頭。人生放下休。』此語視雷州寇司户之句尤警。吴循州謂履齋之貶，乃賈擠之也。

劉須溪

須溪劉辰翁《元宵雨》詞云：『角動寒譙。看雨中燈市，雪意蕭蕭。星毬明戲馬，歌管雜鳴刁。泥没膝，舞停腰。燄蠟任風飄。更可憐，紅啼桃臉，緑顇楊橋。　當年樂事朝朝。曾錦鞍呼妓，金屋藏嬌。圍香春醉酒，坐月夜吹簫。今老去，倦歌謡。嫌殺杜家喬。漫三杯、擁爐覓句，斷送春宵。』以《意難忘》按之，可歌也。

詹天游

詹天游以豔詞得名，見諸小説。其『送童甕天兵後歸杭』《齊天樂》云：『相逢喚醒京華夢，胡塵暗斑吟髮。倚擔評花，認旗沽酒，歷歷行歌奇跡。吹香弄碧。有坡柳風情，逋梅月色。畫鼓江船，滿湖春水斷橋客。　當時何限俊侣，甚花天月地，人被雲隔。却載蒼煙，更招白鷺，一醉修江又别。今回記得。再折柳穿魚，賞梅催雪。如此湖山，忍教人更説。』此伯顔破杭州之後也。觀其詞全無黍離之感，桑梓之悲，而止以游樂言。宋末之習，上下如此，其亡不亦宜乎。童甕天失其名氏，有《甕天脞語》一卷傳于今云。天游又有《清平調》云：『醉紅宿翠，髻嚲烏雲墜。管甚夜來不得睡，那更今朝早起。東風滿搦腰肢，階前小立多時。却恨一番新雨，想應濕透鞋兒。』蓋詠妓訴狀立廳下也。又見《石次仲集》。

鄧千江

金人樂府稱鄧千江《望海潮》爲第一。其詞云：『雲雷天塹，金湯地險，名藩自古皋蘭。營屯繡錯，山形米聚，喉襟百二秦關。鏖戰血猶殷。見陣雲冷落，時有鵰盤。静塞樓頭，曉月依舊玉弓彎。看看定遠西還。有元戎閫令，上將齋壇。區脱晝空，兜零夕舉，甘泉又報平安。吹笛虎牙間。且宴陪珠履，歌按雲鬟。來招英靈醉魄，長繞賀蘭山。』此詞全步驟沈公述『上王君貺』一首，今録于此：『山光凝翠，川容如畫，名都自古并州。簫鼓沸天，弓刀似水，連營百萬貔貅。金騎走長楸。少年人，一一錦帶吴鈎。路入榆關，鴈飛汾水正宜秋。近思昔日風流。有儒將醉吟，才子狂游。松偃舊亭，城高故國，空留舞榭歌樓。方面倚賢侯。便恐爲霖雨，歸去難留。好向西溪，恣攜弦管宴蘭舟。』然千江之詞，繁縟雄壯，何啻十倍過之，不止出藍而已。

王予可

王予可，金明昌詩人。或傳其仙去，事不可知。其《生查子》云：『夜色明河净，好風來千里。水殿謫仙人，皓齒清歌起。前聲金甼中，後聲銀河底。一夜嶺頭雲，繞遍樓前水。』詞之飄逸高妙如此，固謫仙之流亞也。

滕玉霄

元人工於小令套數，而宋詞又微。惟滕玉霄集中，填詞不減宋人之工。今略記其《百字令》一首云：『柳顰花困。把人間恩怨，樽前傾盡。何處飛來雙比翼，直是同聲相應。寒玉嘶風，香雲捲雪，一串驪珠引。阮郎去後，有誰著意題品。誰料濁羽清商，繁弦急管，猶自餘風韻。莫是紫鸞天上曲，兩兩玉童相並。白髮梨園，青衫老傅，試與留連聽。可人何處，滿庭霜月清冷。』玉霄又有『贈歌童阿珍』《瑞鷓鴣》云：『分桃斷袖絶嫌猜，翠被紅裩興不乖。洛浦乍陽新燕爾，巫山行雨左風懷。手攜襄野便娟合，背抱齊宮婉孌懷。玉樹庭前千載曲，隔江唱罷月籠階。』蓋鄭櫻桃《解紅兒》之流也。用事甚工。予同年吳學士仁甫喜誦之。

牧庵詞

姚牧庵《醉高歌》詞云：『十年燕月歌聲，幾點吳霜鬢影。西風吹起鱸魚興，已在桑榆暮景。榮枯枕上三更，傀儡場中四并。人生幻化如泡影，幾個臨危自省。』牧庵一代文章巨公，此詞高古，不減東坡、稼軒也。

元將填詞

元將紇石烈子仁《上平南》詞云：『蠆鋒搖，螳臂振，舊盟寒。恃洞庭，彭蠡狂瀾。天兵小試，萬蹄一飲楚江乾。捷書飛上九重天。春滿長安。舜山川，周禮樂，唐日月，漢衣冠。洗五州妖氣關山。已平全蜀，風行何用一泥丸。有人傳喜，日邊都護先還。』此亦黠虜也。天欲戕我中國人，乃生此種，反指中國爲妖氣也耶。非我皇明一汛掃之，天柱折而地維陷矣。

江西烈女詞

戴石屏薄游江西，有富翁以女妻之。留三年，一日思歸。詢其所以，告以曾娶。妻以白其父，父怒。妻宛曲解之，盡以嫁奩贈之，仍餞之以詞，自投江而死。其詞云：『惜多才，憐薄命，無計可留汝。揉碎花牋，仍寫斷腸句。道傍楊柳依依，千絲萬縷，抵不住、一分愁緒。捉月盟言，不是夢中語。後回君若重來，不相忘處，把杯酒澆奴墳土。』嗚呼！石屏可謂不仁不義之甚矣。既誑良人女爲妻，三年興盡而棄之。又受其奩具，而甘視其死。俗有謔詞云：『孫飛虎好色，柳盗跖貪財，這賊牛兩般都愛。』石屏之謂與？出《桂苑叢談》，馮翊子伏著。

卷六

八詠樓

沈休文《八詠詩》，語麗而思深，後人遂以名樓，照映千古。近時趙子昂、鮮于伯機詩詞頗勝。趙詩云：『山城秋色静朝暉，極目登臨未擬歸。羽士曾聞遼鶴語，征人又見塞鴻飛。西流二水玻瓈合，南去千峯紫翠圍。如此溪山良不惡，休文何事不勝衣。』鮮于《百字令》云：『長溪西注，似延平雙劍，千年初合。溪上千峯明紫翠，放出羣龍頭角。瀟灑雲林，微茫煙草，極目春洲闊。城高樓迥，恍然身在寥廓。　我來陰雨兼旬，灘聲怒起，日日東風惡。須待青天明月夜，一試嚴維佳作。風景不殊，溪山信美，處處堪行樂。休文何事，年年多病如削。』二作結句略同，稍含微意，不專爲詠景發。予故取而著之也。

杜伯高三詞

杜旟，字伯高，《蘭亭詩》爲世所傳，樂府亦佳。《酹江月·賦石頭城》云：『江山如此，是天開萬古，東南王氣。一自髯孫橫短策，坐使英雄鵲起。玉樹聲消，金蓮影散，多少傷心事。千年遼鶴，并疑城郭非是。　當日萬駟雲屯，潮生潮落處，石頭孤峙。人笑褚淵今齒冷，只有袁公不死。斜日荒煙，神州何在，欲墮新亭淚。元龍老矣，世間何限餘子。』《摸魚兒·湖上賦》云：『放扁舟，萬山環處，平鋪碧浪千頃。仙人憐我征塵久，借與夢游清枕。風乍靜，望兩岸羣峯，倒浸玻瓈影。樓臺相映。更日薄煙輕，荷花似醉，飛鳥墮寒鏡。　中都內，羅綺千街萬井。天教此地幽勝。仇池仙伯今何在，隄柳幾眠還醒。君試問，問此意只今，更有何人領。功名未竟。待學取鴟夷，仍攜西子，來動五湖興。』《驀山溪·賦春》云：『春風如客，可是繁華主。紅紫未全開，早緑遍江南千樹。一番新火，多少倦游人。纖腰柳，不知愁，猶作風前舞。小闌干外，兩兩幽禽語。問我不歸家，有佳人天寒日暮。老來心事，唯只有春知。江頭路，帶春來，更帶春歸去。』

徐一初登高詞

徐一初『登高』《摸魚兒》詞：『對茱萸，一年一度。龍山今在何處。參軍莫道無勳業，消得從容樽俎。君看取。便破帽飄零，也傳名千古。當年幕府。知多少時流，等閑收拾，有個客如許。追往事，滿目山河晋土。征鴻又過邊羽。登臨莫苦。高層望，怕見故宮禾黍。觴緑醑。澆萬斛牢愁，淚閣新亭雨。黄花無語。畢竟是西風，朝來披拂，猶識舊時主。』亦感慨之詞也。

南澗詞

韓南澗《題采石蛾眉亭》詞云：『倚天絶壁。直下江千尺。天際兩蛾横黛，愁與恨，幾時極。暮潮風正急。酒闌聞塞笛。試問謫仙何處，青山外，遠煙碧。』此《霜天曉角》調也。未有能繼之者。

高竹屋蘇堤芙蓉詞

高竹屋『詠蘇堤芙蓉』《菩薩蠻》詞：『紅雲半壓秋波急，豔妝泣露啼嬌色。幽夢入仙城，風流石曼卿。宫袍呼醉醒，休捲西風錦。明月粉香殘，六橋煙水寒。』

念怒嬌、祝英臺近

德祐乙亥，太學生作《念奴嬌》云：『半堤花雨。對芳辰消遣，無奈情緒。春色尚堪描畫在，萬紫千紅塵土。鵑促歸期，鶯收佞舌，燕作留人語。繞闌紅藥，韶華留此孤主。真個恨殺東風，幾番過了，不似今番苦。樂事賞心磨滅盡，忽見飛書傳羽。湖水湖煙，峯南峯北，總是堪傷處。新塘楊柳，小橋猶自歌舞。』又《祝英臺近》云：『倚危闌，斜日暮。驀驀甚情緒。稺柳嬌黃，全未禁風雨。春江萬里雲濤，扁舟飛渡。那更塞鴻無數。歎離阻。有恨落天涯，誰念孤旅。滿目風塵，冉冉如飛霧。是何人惹愁來，那人何處。怎知道、愁來又去。』

文山和王昭儀滿江紅詞

王昭儀之詞，傳播中原。文天祥讀至末句，嘆曰：『惜也，夫人於此少商量矣。』爲之代作一篇云：『試問琵琶，胡沙外、怎生風色。最苦是，姚黃一朵，移根仙闕。王母歡闌瓊宴罷，仙人淚滿金盤側。聽行宮、半夜雨淋鈴，聲聲歇。彩雲散，香塵滅。銅駝恨，那堪說。想男兒慷慨，嚼穿齦血。回首昭陽離落日，傷心銅雀迎新月。算妾身不願似天家，金甌缺。』又和云：『燕子樓中，又捱過、幾番秋色。相思處，青年如夢，乘鸞仙闕。肌玉暗消衣帶緩，淚珠斜透花鈿側。最無端、蕉影上窗紗，青燈歇。　曲池合，高臺滅。人間事，何堪說。向南陽阡上，滿襟清血。世態便如翻覆雨，妾身元是分明月。咲樂昌一段好風流，菱花缺。』附王昭儀詞：『太液芙蓉，渾不是、舊時顏色。曾記得，恩承雨露，玉樓金闕。名播蘭簪妃后裏，暈潮蓮臉君王側。忽一朝鼙鼓揭天來，繁華歇。　龍虎散，風雲滅。千古恨，憑誰說。對山河百二，淚霑襟血。驛館夜驚塵土夢，宮車晚碾關山月。願嫦娥、相顧肯相容，隨圓缺。』

徐君寶妻詞

岳州徐君寶妻某氏，被虜來杭，居韓蘄王府。自岳至杭，相從數千里。其主者數欲犯之，而終以巧計脱。蓋某氏有令姿，主者弗忍殺之也。一日，主者怒甚，將即强焉。因告曰：俟妾祭謝先夫，然後乃爲君婦不遲也，君奚怒焉。主者喜諾。某氏乃焚香再拜默祝，南向飲泣，題《滿庭芳》一詞於壁上。書已，投大池中以死。詞云：『漢上繁華，江南人物，尚遺宣政風流。緑窗朱户，十里爛銀鈎。一旦刀兵齊舉，旌旗擁、百萬貔貅。長驅入、歌樓舞榭，風捲落花愁。　清平三百載，典章人物，掃地都休。幸此身未北，猶客南州。破鑑徐郎何在，空惆悵、相見無由。從今後，斷魂千里，夜夜岳陽樓。』

傅按察鴨頭緑

元時有傅按察者，嘗作《鴨頭緑》一詞悼宋云：『静中看。記昔日淮山隱隱，宛若虎踞龍盤。下樊襄。指揮湘漢，鞭雲騎、圍繞江干。勢不成三，時當混一，過唐之數不爲難。陳橋驛，孤兒寡婦，久假當還。挂征帆。龍舟催發，紫宸初卷朝班。禁庭空，土花暈碧，輦路悄，訶喝聲乾。縱餘得、西湖風景，花柳亦凋殘。去國三千，游仙一夢，依然天淡夕陽間。昨宵也，一輪明月，還照臨安。』

楊復初南山詞

楊復初築室南山，以郇居爲號。凌彦翀以《漁家傲》詞壽之云：『采芝步入南山道，山深宛似蓬萊島。聞説村居詩思好。還被惱，蒼苔滿地無人掃。載酒亭前松合抱，客來便許同傾倒。玉兔已將靈藥搗。秋意早，月華長似人難老。』復初和詞云：『當時承望求仙道，那知薄命如郊島。留得殘生猶自好。多懊惱，塵緣俗慮何時掃。子已成童無用抱，醉眠任使和衣倒。今歲砧聲秋未擣。涼風早，看來只恐中年老。』瞿宗吉和詞云：『喜來不涉邯鄲道，愁來不竄沙門島。惟有郇居閑最好。無事惱，苔階竹徑頻頻掃。有酒可斟琴可抱，長年擬看三松倒。臼内靈砂親自擣。歸隱早，朝來未放玄真老。』宗吉既和此詞，而復序云：舊譜皆以仄聲起，歐公呼范文正爲『窮塞主』，首句所謂『塞上秋來』者，正此格也。他如王荆公之『平岸小橋千嶂抱』，周清真之『幾日春陰寒側側』，謝無逸之『秋水無痕清見底』，張仲宗之『釣笠披雲青嶂遶』，亦皆如是。今二公皆以平聲易之，特著此，以俟知音爾。

凌彦翀無俗念

凌彦翀作《無俗念》詞云：『等閑屈指，算今來古往，誰爲英傑。耳目聰明天賦予，怎肯虛生虛滅。去燕來鴻，飛烏走兔，世事何時歇。風波境界，大川不用頻涉。空踏遍、萬户千門，五湖四海，一樣中秋月。正面相看君記取，全體本來無缺。空裏非空，夢中是夢，莫向癡人説。便須騎鶴，夜深朝禮金闕。』又《蝶戀花》詞云：『一色杏花三百樹。茅屋無多，更在花深處。旋壓小槽留客住。舉杯忽聽黄鸝語。醉眼看花花亦舞。風妒殘紅，飛過鄰牆去。却似牧童遥指處。清明時節紛紛雨。』詞格清逸，一洗鉛華，非駢金儷玉者比也。

瞿宗吉西湖秋泛

宗吉『西湖秋泛』《滿庭芳》詞：『露葦催黄，煙蒲駐緑，水光山色相連。紅衣落盡，辜負採蓮船。點檢六橋楊柳，但幾個、抱葉殘蟬。秋容晚，雲寒鴈背，風冷鷺鷥肩。　華筵。容易散。愁添酒量，病減詩顛。況情懷冲淡，漸入中年。掃退舞裙歌扇，盡付與、一枕高眠。清閑好，脱巾露髮，仰面看青天。』又『西湖四時』《望江南》詞：『西湖景，春日最宜晴。花底管絃公子宴，水邊羅綺麗人行。十里按歌聲。』『西湖景，夏日正堪游。金勒馬嘶垂柳岸，紅粧人泛採蓮舟。驚起水中鷗。』『西湖景，秋日更宜觀。桂子岡巒金粟富，芙蓉洲渚綵雲間。爽氣滿山前。』『西湖景，冬日轉清奇。賞雪樓臺評酒價，觀梅園圃定春期。共醉太平時。』

瞿宗吉鞋杯詞

楊廉夫嘗訪瞿士衡，以鞋杯行酒，命其姪孫宗吉詠之。宗吉作《沁園春》以呈，廉夫大喜，即命侍妓歌以侑觴。詞云：『一掬嬌春，弓樣新裁，蓮步未移。笑書生量窄，愛渠儘小。主人情重，酌我休遲。醞釀朝雲，斟量暮雨，能使麯生風味奇。何須去，向花塵留蹟，月地偷期。風流到處便宜。便豪吸雄吞不用辭。任凌波南浦，惟誇羅襪，賞花上苑，祇勸金卮。羅帕高擎，銀瓶低注，絶勝翠裙深掩時。華筵散，奈此心先醉，此恨誰知。』

馬浩瀾著花影集

馬浩瀾著《花影集》，自序云：『予始學爲南詞，漫不知其要領。偶閲《吹劍録》中載：東坡在玉堂日，有幕士善歌，坡問曰：「吾詞何如柳耆卿？」對曰：「柳郎中詞，宜十七八女孩兒，按紅牙拍，歌『楊柳岸曉風殘月』。學士詞，須關西大漢，執鐵板，唱『大江東去』。」緣是求二公詞而讀之，下筆略知蹊徑。然四十餘年，僅得百篇，亦不可謂不難矣。法雲道人嘗勸山谷勿作小詞。山谷云：「空中語爾。」予欲以「空中語」名其集，或曰不文，改稱《花影集》。花影者，月下燈前，無中生有。以爲假則真，謂爲實猶涉虛也。』今漫摘數首，以便展玩云。其商調《少年游》云：『弄粉調脂，梳雲掠月，次第曉粧成。鸚鵡籠邊，鞦韆牆裏，半晌不聞聲。　原來却在瑶階下，獨自踏花行。笑摘朱櫻，微揎翠袖，枝上打流鶯。』《行香子》云：『紅遍櫻桃，緑暗芭蕉。鎖窗深、春思無聊。雙飛燕嬾，百囀鶯嬌。正漏聲遲，簾影静，篆香飄。　惜月前宵，病酒今朝。有誰知、臂玉微銷。封題錦字，寄與蘭翹。恨樹重重，雲渺渺，水迢迢。』『春夜』《生查子》云：『燒罷夜香時，獨立簾兒下。真個可憐宵，一刻千金價。　啼痕不記行，暗濕鮫綃帕。蝶宿牡丹叢，月轉鞦韆架。』『春日』《海棠春》云：『越羅衣薄輕寒透。正畫閣、風簾飄繡。無語小鶯慵，有恨垂楊瘦。　桃花人面應依舊。憶那日、擎漿時候。添得暮愁牽，只爲秋波溜。』《鳳凰臺上憶吹簫》云：『淡淡秋容，澄澄夜影，娟娟月挂梧桐。愛簫聲縹緲，簾影玲瓏。彩鳳銜書未至，玉宇净、香霧空濛。涼如水，翠苔凝露，琪樹吟風。　匆匆。年華暗換，嗟舊歡成夢。芳鬢飛蓬。想清江泛鷁，紫陌遊驄。應念佳期虛負，瞻素彩、感慨相同。凝情久，誰家搗衣，砧杵丁東。』《青玉案》云：『平川渺渺花無數。明鏡裏，孤舟度。華下美人和笑顧。問郎莫似，乞漿崔護，别久來何暮。　盈盈羅襪凌波步。眉月連娟鬟如霧。人世光陰花上露。勸郎休去，再來恐誤，個是桃源路。』『中秋』《鵲橋仙》云：『不寒不暑，無風無雨，秋色平分佳節。桂花香散夜涼生，小樓上、簾兒高揭。　多愁多病，閑憂閑悶，绿鬢紛紛成雪。平生不作負恩人，惟負了、今宵明月。』『九日』《金菊對芙蓉》云：『過鴈行低，鳴蛩韻急，紛紛葉下亭皋。向霜庭看菊，飈館題糕。依然賓主東南美，勝龍山，迢遞登高。繡屏孔雀，金盤螃蟹，銀甕葡萄。痛飲鯨卷波濤。笑百年春夢，萬事秋毫。問臺前戲馬，海上連鰲。當時二子今安在，乾坤大、容我粗豪。四絃裂帛，雙鬟舞雪，左手持螯。』《梅花》《東風第一枝》云：『餌玉餐香，夢雲情月，花中無此清瑩。儼然姑射仙人，華佩明璫新整。五銖衣薄，應怯瑶臺凄冷。自驂鸞來下人間，幾度雪深烟暝。孤絶處，江波流影。顛頷也，春風銷粉。相思千種閑愁，聲聲翠禽啼醒。西湖東閣，休説當時風景。但留取、一點芳心，他日調羹金鼎。』『落花』《滿庭芳》云：『春老園林，雨餘庭院，偏惹蝶駭鶯猜。蔫紅皺白，狼藉滿蒼苔。正是愁腸欲斷，珠箔外、點點飄來。分明似、身輕飛燕，扶下碧雲臺。當初珍重意，金錢競買，玉砌新栽。正翠屏遮護，羯鼓催開。誰道天機繡錦，都化作、紫陌塵埃。紗窗裏，有人憐惜，無語托香腮。』

馬浩瀾詞

馬浩瀾洪，仁和人，號鶴窗。善詩詠，而詞調尤工。皓首韋布，而含吐珠玉，錦繡胸腸，褎然若貴介王孫也。嘗題許應和松竹雙清扇景詞云：『剪蒿萊。曾將雙翠親裁。旋添成、園林佳勝，依稀嶰谷徂徠。鳳飛過，文章燦爛，蛟騰攫，鱗甲毰毸。剉節題詩，收花釀酒，鬢黏香粉袖黏苔。無人識，棟梁之具，管籥之才。蔭亭臺。儘多風月，清無半點塵埃。　竿期截，六鰲連舉，巢堪托，孤鶴時來。色瑩琅玕，脂凝琥珀，笑他門柳與庭槐。蕭郎去，畢宏已老，誰富寫生才。君看取，歲寒三友，只欠梅開。』蓋《多麗》詞也。許東溟以爲可追跡康伯可，可謂信然。又『題梅花』《江城引》云：『雪晴閑覽瘦笻扶。過西湖，訪林逋。湖上天寒，草樹盡凋枯。忽見瓊葩光照眼，仙格調，玉肌膚。　夜空雲靜月輪孤。巧相摹，海濤圖。時聽枝頭，啁哳翠禽呼。縱有明珠三百琲，知似得，此花無。』清氣逸發，瑩無塵想。又『題許東溟小景』《昭君怨》云：『路遠危峯斜照，瘦馬塵風衣帽。此去向蕭關，向長安？便坐紫薇花底，只似黄粱夢裏。三徑易生苔，早歸來。』言有盡而意無窮，方是作者。徐伯齡言，鶴窗與陸清溪偕出菊莊之門，而清溪得詩律，鶴窗得詞調，異體齊名，可謂盛矣。

馬浩瀾念奴嬌

馬浩瀾《念奴嬌》詞云：『東風輕軟，把緑波吹作、縠紋微皺。彩舫亭亭寬似屋，載得玉壺芳酒。勝景天開，佳朋雲集，樂繼蘭亭後。珍禽兩兩，驚飛猶自回首。學士港口桃花，南屏松色，蘇小門前柳。冷翠柔金紅綺幔，掩映水明山秀。閑試評量，總宜圖畫，無此丹青手。歸時侵夜，香街華月如晝。』

聶大年詞附馬浩瀾和

聶大年嘗賦《卜算子》二首，蓋自況也。詞云：『楊柳小蠻腰，慣逐東風舞。學得琵琶出教坊，不是商人婦。忙整玉搔頭，春筍纖纖露。老却江南杜牧之，嬾爲秋娘賦。』『粉淚濕鮫綃，只恐郎情薄。夢到巫山第幾峯，酒醒燈花落。數日尚春寒，未把羅衣着。眉黛含顰爲阿誰，但悔從前錯。』馬浩瀾和云：『歌得雪兒歌，舞得霓裳舞。料想前身跨鳳仙，合作蕭郎婦。顔色雪中梅，淚點花梢露。雲雨巫山十二峯，未數《高唐賦》。』『花壓鬢雲低，風透羅衫薄。殘夢瞢騰下翠樓，不覺金釵落。幾許別離愁，獨自思量着。欲寄蕭郎一紙書，又怕歸鴻錯。』

一枝春守歲詞

守歲之詞雖多，極難其選，獨楊守齋《一枝春》最爲近世所稱。詞云：『竹爆驚春，競喧闐夜起，千門簫鼓。流蘇帳暖，翠鼎緩騰香霧。停盃未舉。奈剛要、送年新句。應自賞、歌清字圓，未誇上林鶯語。從他歲窮日暮。縱閑愁，怎減劉郎風度。屠蘇辦了，迤邐柳忻梅妒。宮壺未晚，早驕馬繡車盈路。還又把，月夕花朝，自今細數。』

鬬草詞

春日，婦女喜爲鬬草之戲。黄子常《綺羅香》詞云：『綃帕藏春，羅裙點露，相約鶯花叢裏。翠袖拈芳，香沁筍芽纖指。偷摘遍、緑逕烟霏，悄攀下，畫闌紅紫。掃花堦，褥展芙蓉，瑶臺十二降仙子。芳園清晝乍永，亭上吟吟笑語，妒穠誇麗。奪取籌多，贏得玉璫瑜珥。凝素靨，香粉添嬌，映黛眉，淡黄生喜。綰胸帶，空繫宜男，情郎歸也未？』

賣花聲

黄子常《賣花聲》詞云：『人過天街，曉色擔頭紅紫。滿筠筐、浮花浪蕊。畫樓睡醒，正眼横秋水。聽新腔，一回催起。吟紅叫白，報得蜂兒知未。隔東西，餘音軟美。迎門争買，早斜簪雲髻。助春嬌，粉香簾底。』喬夢符和詞云：『侵曉園丁，叫道嫩紅嬌紫。巧工夫、攢枝飣蕊。行歌佇立，洒洗妝新水。捲香風、看街簾起。深深巷陌，有個重門開未？忽驚他、尋春夢美。穿窗透閣，便憑伊唤取。惜花人、在誰根底。』

梁貢父木蘭花慢

梁貢父曾，燕京人。大德初，爲杭州路總管。政事文學，皆有可觀。嘗作『西湖送春』《木蘭花慢》詞云：『問花花不語，爲誰落，爲誰開。算春色三分，半隨流水，半入塵埃。人生能幾歡笑，但相逢、樽酒莫相推。千古幕天席地，一春翠繞珠圍。彩雲回首暗高臺。烟樹渺吟懷。拚一醉留春，留春不住，醉裏春歸。西樓半簾斜日，怪銜春、燕子却飛來。一枕青樓好夢，又教風雨驚回。』此詞格調俊雅，不讓宋人也。

花綸太史詞

杭州花綸，年十八，黄觀榜及第三人。初讀卷官進卷，以花綸第一，練子甯第二，黄觀第三。御筆改定以黄第一，練第二，花第三。南京諺有『花練黄、黄練花』之語。故後人猶以『花狀元』稱之。其科《題名記》及《登科録》，皆以黄、練二公死革除之難剗毁，故相傳多誤。花有詞藻，其謫戍雲南，有『題楊太真畫圖』《水仙子》一闋云：『海棠風，梧桐月，荔枝塵。霓裳舞，翠盤嬌，繡嶺春。錦棚嬉，金釵信，香囊恨。癡三郎，泥太真。馬嵬坡，血污游魂。楊柳眉、侵顰黛損。芙蓉面、零脂落粉。牡丹芽、剪草除根。』其風緻不減元人小山、酸齋輩。滇人傳唱，多訛其字，余爲訂之云。

鎖懋堅詞

鎖懋堅，西域人，扈宋南渡，遂爲杭人。代有詩名，懋堅尤善吟寫。成化間，游茗城，朱文理座間，索賦其家假山，懋堅賦《沉醉東風》一闋云：『風過處，香生院宇。雨收時，翠濕琴書。移來小朵峯，幻出天然趣。倚闌干，盡日披圖。謾説蓬萊本是虚。只此是、神仙洞府。』爲一時所稱。

拾遺

卓稼翁詞

三山卓田，字稼翁，能賦馳聲。嘗作詞云：『丈夫隻手把吴鈎，欲斷萬人頭。因何鐵石，打成心性，却爲花柔。君看項籍并劉季，一怒使人愁。只因撞着，虞姬戚氏，豪傑都休。』其爲人溺志可想。

王昂催粧詞

探花王昂榜下擇壻時，作《催粧詞》云：『喜氣滿門闌，光動綺羅香陌。行到紫薇花下，悟身非凡客。不須脂粉污天真，嫌怕太紅白。留取黛眉淺處，畫章臺春色。』

蕭軫娶再婚

三山蕭軫登第，榜下娶再婚之婦。同舍張任國以《柳梢青》詞戲之曰：『挂起招牌，一聲喝采，舊店新開。熟事孩兒，家懷老子，畢竟招財。　當初合下安排。又不豪門買獃。自古道，正身替代，見任添差。』

平韻憶秦娥

太學服膺齋上舍鄭文，秀州人。其妻寄以《憶秦娥》云：『花深深，一鈎羅襪行花陰。行花陰，閑將羅帶，試結同心。　日邊消息空沉沉，畫眉樓上愁登臨。愁登臨，海棠開後，望到如今。』此詞爲同舍者傳播，酒樓妓館皆歌之，以爲歐陽永叔詞，非也。

劉鼎臣妻詞

婺州劉鼎臣赴省試，臨行，妻作詞名《鷓鴣天》云：『金屋無人夜翦繒。寶釵翻過齒痕輕。臨行執手殷勤送，襯取蕭郎兩鬢青。聽囑付，好看成。千金不抵此時情。明年宴罷瓊林晚，酒面微紅相映明。」

易祓妻詞

易祓，字彦章，潭州人。以優校爲前廊，久不歸。其妻作《一翦梅》詞寄云：『染淚修書寄彦章。貪作前廊，忘卻回廊。功名成遂不還鄉。石做心腸，鐵做心腸。紅日三竿嬾畫妝。虚度韶光，瘦損容光。相思何日得成雙。羞對鴛鴦，嬾對鴛鴦。』

柔奴

《東皐雜録》云：王定國嶺外歸，出歌者勸東坡酒。坡作《定風波·序》云：『王定國歌兒曰柔奴，姓宇文氏。眉目娟麗，善應對。家世住京師。定國南遷歸，余問柔：「廣南風土，應是不好。」柔對曰：「此心安處，便是吾鄉。」因爲綴此詞云。』『常羨人間琢玉郎。天教分付點酥娘。自作清歌傳皓齒。風起，雪飛炎海變清涼。萬里歸來年愈少。微笑，笑時猶帶嶺梅香。試問嶺南應不好。却道，此心安處是吾鄉。』

美奴

苕溪漁隱曰：陸敦禮藻有侍兒名美奴，善綴詞。出侑樽俎，每乞韻于坐客，頃刻成章。《卜算子》云：『送我出東門，乍別長安道。兩岸垂楊鎖暮煙，正是秋光老。一曲古《陽關》，莫惜金樽倒。君向瀟湘我向秦，魚雁何時到。』《如夢令》云：『日暮馬嘶人去，船逐清波東注。後夜最高樓，還肯思量人否。無緒，無緒。生怕黃昏疎雨。』

李師師

李師師，汴京名妓。張子野爲製新詞，名《師師令》。略云：

『蜀綵衣長勝未起。縱亂雲垂地。正值殘英和月墜。寄此情千里。』秦少游亦贈之詞云：『看遍潁川花，不似師師好。』後徽宗微行幸之，見《宣和遺事》。《甕天脞語》又載，宋江潛至李師師家，題一詞于壁云：『天南地北，問乾坤何處，可容狂客。借得山東煙水寨，來買鳳城春色。翠袖圍香，鮫綃籠玉，一笑千金值。神仙體態，薄倖如何銷得。　想蘆葉灘頭，蓼花汀畔，皓月空凝碧。六六雁行連八九，只待金雞消息。義膽包天，忠肝蓋地，四海無人識。閑愁萬種，醉鄉一夜頭白。』小詞盛於宋，而劇賊亦工如此。

于湖南鄉子

張于湖送朱元晦行，與張欽夫、邢少連同集，作《南鄉子》一詞云：『江上送歸船。風雨排空浪拍天。賴有清樽澆別恨，悽然。

寶燭燒花看吸川。楚舞對湘弦。暖響圍春錦帳毡。坐上定知無俗客，俱賢。便是朱張與少連。』此詞見《蘭畹集》。觀『楚舞湘弦』之句及朱文公《雲谷寄友》絶句云：『日暮天寒無酒飲，不須空喚莫愁來。』則晦翁于宴席，未嘗不用妓。廣平之賦梅花，又司馬公亦有豔辭，亦何傷于清介乎？

珠簾秀

姓朱氏，行第四，雜劇爲當今獨步。駕頭、花旦、軟末泥等，悉造其妙。胡紫山宣尉嘗以《沉醉東風》曲贈云：『錦織江邊翠竹，絨穿海上明珠。月淡時，風清處，都隔斷、落紅塵土。一片閑情任卷舒，挂盡朝雲暮雨。』馮海粟待制亦贈以《鷓鴣天》云：『憑倚東風遠映樓。流鶯窺面燕低頭。蝦鬚瘦影纖纖織，龜背香紋細細浮。紅霧斂，彩雲收。海霞爲帶月爲鈎。夜來卷盡西山雨，不著人間半點愁。』蓋朱背微僂，馮故以簾鈎寓意。至今後輩，以朱娘娘稱之者。

趙真真、楊玉娥

趙真真、楊玉娥，善唱諸宮調。楊立齋見其謳張五牛、商正叔所編《雙漸小卿怨》，因作《鷓鴣天》、《哨遍》、《耍孩兒》煞以咏之。後曲多不録。今録前曲云：『煙柳風花錦作園。霜芽露葉玉裝船。誰知皓齒纖腰會，只在輕衫短帽邊。啼玉靨，咽冰絃。五牛身去更無傳。詞人老筆佳人口，再喚春風在眼前。』

劉燕歌

劉燕歌善歌舞，齊参議還山東，劉賦《太常引》以餞云：『故人別我出陽關。無計鎖雕鞍。今古別離難。況隔斷、蛾眉遠山。一樽別酒，一聲杜宇，寂寞又春殘。明月小樓閒。第一夜、相思淚彈。』至今膾炙人口。

杜妙隆

杜妙隆，金陵佳麗人也。盧疏齋欲見之，行李匆匆，不果所願。因題《踏莎行》于壁云：『雪暗山明，溪深花早。行人馬上詩成了。歸來聞説妙隆歌，金陵却比蓬萊渺。寶鏡慵窺，玉容空好。梁塵不動歌聲悄。無人知我此時情，春風一枕松窗曉。』

宋六嫂

宋六嫂，小字同壽。元遺山有《贈觱栗工張嘴兒》詞，即其父也。宋與其夫合樂，妙入神品。蓋宋善謳，其夫能傳其父之藝。滕玉霄待制嘗賦《念奴嬌》以贈，云『柳顰花困』云云，詞見第五卷。《念奴嬌》一名《百字令》。

一分兒

一分兒，姓王氏，京師角妓也。歌舞絶綸，聰慧無比。一日，丁指揮會才人劉士昌、程繼善等于江鄉園小飲，王氏佐樽。時有小姬歌《菊花會》南吕曲云：『紅葉落，火龍褪甲。青松枯，怪蟒張牙。』丁曰：『此《沉醉東風》首句也，王氏可足成之。』王應聲曰：『紅葉落，火龍褪甲。青松枯，怪蟒張牙。可詠題，堪描畫。喜觥籌，席上交雜。答剌蘇頻斟入禮厮麻。不醉呵，休扶上馬。』一座歎賞，由是聲價愈重焉。

補

轉應曲

《轉應曲》與《宫中調笑》，平仄相合，予常擬之。

鼓子詞

宋歐陽六一作《十二月鼓子詞》，即今之《漁家傲》也。元歐陽圭齋亦擬爲之，專詠元世燕風物。以上見《函海》本《詞品》卷一。

劉會孟

劉須溪『丁酉元夕』《寶鼎現》詞云：『紅粧春騎，踏月花影，牙旗穿市。望不盡、歌樓舞榭，習習香塵蓮步底。簫聲斷，約彩鸞歸去，未怕金吾呵醉。甚輦路、喧闐且止。聽得念奴歌起。父老猶記宣和事，抱銅仙，清淚如水。還轉盼，沙河多麗。滉漾明光連邸第。簾影動，散紅光成綺。月浸蒲桃十里。看往來神仙才子，肯把菱花撲碎。腸斷竹馬兒童，空見説、三千樂指。等多時、春不歸來，到春時欲睡。又説向、燈前擁髻，暗滴鮫珠墜。便當日、親見霓裳，天上人間夢裏。』此詞題云『丁酉』，蓋元成宗大德元年，亦淵明書甲子之意也。詞意凄婉，與《麥秀歌》何殊？尹濟翁壽須溪《風入松》詞云：『曾聞幾度説京華。愁壓帽簷斜。朝衣熨貼天香在，如今但、彈指蘭闍。不是柴桑心遠，等閑過了元嘉。　長生休説棗如瓜。壺日自無涯。河傾南紀明奎壁，長教見、壽氣成霞。但得重攜溪上，年年人共梅花。』

鏡聽

李廓、王建，皆有《鏡聽》詞。鏡聽，今之響卜也。以上見《函海》本《詞品》卷六。

明嘉靖本《詞品》六卷，世鮮傳本。清乾隆間，李調元刻《函海》亦收《詞品》，第作五卷。且兩本之次序亦大異。又嘉靖本較《函海》本多出十二則。而《函海》本亦有四則爲嘉靖本所無。兹以嘉靖本爲主，而以《函海》本增補之。至兩本字句互有譌脱，擇其是者而從之。其有均誤者，則以本集或選集訂正。甲戌冬月，江寧秋帆陳作楫跋。